戰

狼來了

關西機場事件的
假新聞、資訊戰

Fake News Wars: The Kansei Airport Incident

Content

第一章 序曲：大外宣、資訊戰與混合戰

第二章 關西機場事件始末：眾聲喧譁下
　　　　的真／假相？

第三章 後續效應：江湖恩怨？江湖在哪裡？

- 一個民主國家要如何因應，他國利用民主的「脆弱」，
  對你發動「資訊戰」的攻擊？

- 過去黨外時代新聞媒體被黨國嚴密控管，現在網路時代假新聞
  到處流竄，您覺得哪一種傳播環境對民主政治傷害較大？

第四章　「戰狼主旋律」變形入台，解析關西機場
事件的中國虛假資訊鏈

第五章 「關西機場假訊息事件總檢討」座談會

（依發言順序排序）

・查証內容農場（觀察者網）有無官方背景？

・「中央廚房」提供圖文影音資料，幾百篇類似內容同時發文

・以「揭露」取代「處罰」，兼顧言論自由

政論節目意識形態掛帥，名嘴成為「立場代言人」

大眾應培養對新聞解讀、判斷、取捨的能力

有的名嘴依「劇本」演出，有的網紅背後有廣告置入

政府如何因應政論節目的亂象

監理最高目標「公共利益」：言論自由＋資訊戰

建立事實查證自律規範機制，協助廣電媒體做好事實查證

《數位通訊傳播法》草案：要求網路社群平台負責

公民協力：推動事實查核運動，改善台灣的媒體生態

附錄

傳播、縱容假新聞者，欠公民社會一個道歉

　　近年來，民眾對假新聞已經比較有戒心，尤其，陸續有「台灣事實查核中心」、「台灣民主實驗室」等等民間團體主動提供新聞事實查核及調查新聞傳播來源，面對新冠疫情、疫苗等的一波波假訊息，均可快速反制。

　　然而，回顧 2018 年的關西機場事件，因假新聞而造成令人揪心的悲劇，由於被有意無意遺忘，缺乏反省與改善機會：9 月 4 日，關西機場因強颱關閉造成的受困旅客接駁安排問題，之後兩天，在網路上同時大量出現來自中國網軍、「中央廚房」（觀察者網等內容農場）聲稱「中國大使館派車進機場接中國旅客、祖國真給力、只要自認中國人就可以上車……」。這一大串假新聞，透過中國網民貼入批踢踢八卦版後，立即廣被台灣主流媒體（加工）引用、名嘴據以高談闊論、立委據以質詢官員、官員檢討問責，最後造成優秀外交官蘇啟誠輕生。

　　那時候，只有聯合報第一時間向關西機場查證（這不是新聞工作者的 ABC 嗎？怎麼只有一家媒體做到？），並澄清「只有關西機場的車輛可以進入」（本書第 177 頁）；剛成立的台灣事實查核中心雖立即投入調查，並在 9 月 15 日發布查核報告（本書第 122 頁），但已來不及挽回寶貴的生命。而名嘴、政客彷彿忘了自己就是加害者，隨即從攻擊駐大阪辦事處移轉到對駐日代表處火力全開，甚至監察院發動調查、糾正，但都流於政治追殺，均未針對假新聞的防制機制、責任追究做有效探討。

　　或許當時正值選舉年，2018 年 11 月 24 日的九合一大選綁公投，執政者選前忙於備戰、敗選後困於重整，關西機場事件就此被翻篇，雖然學者專家曾零星提出分析與建議，但社會大眾似乎已經覺得這是過去式的「舊聞」，不值一提。

　　即使台灣現在已逐漸發展為可期待的「公民社會成為台灣抵禦不實訊息力量」，然而，關西機場事件的事實真相仍未被全貌揭露過，沒有揭

露，就不會有反省與改善。包括：曾經為假新聞搖旗吶喊的媒體、名嘴仍未道歉（除了黃暐瀚，請看本書第 77 頁）、甚或接受制裁。尤其，既然社會通念已認知，諸多假新聞確實來自中國，且大多經由國內網站、網民推波助瀾…；但，如果法院認為假新聞「看似」沒有惡意，如果媒體主管機關認為「言論自由」優先、或面對境外媒體於法無據…，那麼，萬一類似關西機場事件重演，是否完全要靠網民與媒體的自律，行政立法司法都只能因尊重而束手無策？

因此，就算會被認為「炒冷飯」，也沒有公部門的調查權，我們還是用了一年多的時間，不遺餘力的收集、研讀與彙整資料，希望呈現當時的事件原貌，以及假新聞如何形成的 SOP、各方加油添醋的「假新聞加工品」…，稿件雖一再增補，仍覺得不盡如人意。最後再敦請蕭新煌老師出面邀集胡元輝、梁永煌、蔡玉真、林麗雲、沈伯洋等學者專家深入座談，提出多面向而深入的見解，補足關鍵性內容。尤其，加上徵得江旻諺、吳介民君同意轉載知名大作，於是得以集大成出版。

本書期待經常在網路世界瀏覽、轉貼、發文者，從此產生懷疑意識，儘量讓謠言止於智者，不要因為輕忽而成為自認無辜的加害者；也希望必須接通告上媒體的名嘴／準名嘴至少認知，凡走過必留下痕跡，即使被要求照劇本演出，還是要愛惜羽毛，以延長社會參與的機會。至於立法院是否有立法懈怠？主管機關是否在未修法前可以再更積極任事（尤其面對國安層級的亂流）？監察院是否還有諸多應調查而未調查的責任？甚至，檢調單位應否主動偵辦？司法審判者是否要重新權衡法益保障標準，以符合當代社會正義…？都需要閱讀本書的諸位，繼續發揮影響力，善盡公民責任。

感謝曾經指導、協助本書的所有人士；最後，感謝本書主要執筆者好友洪浩唐的有始有終，終於暫時不修改了。

幸福綠光出版社社長，本書總策劃

 閱 讀 之 前

關西機場事件

時間序

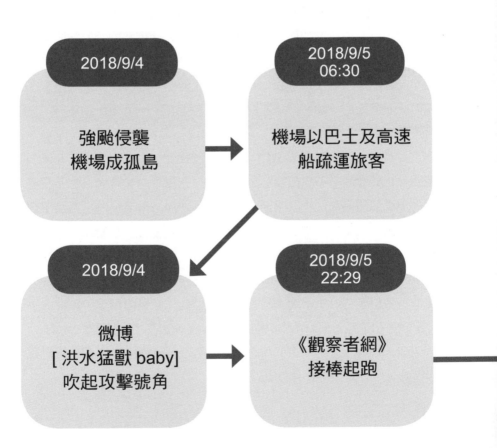

| 2018/9/4 | | 2018/9/5 06:30 |
| 強颱侵襲 機場成孤島 | → | 機場以巴士及高速 船疏運旅客 |

| 2018/9/4 | | 2018/9/5 22:29 |
| 微博 [洪水猛獸 baby] 吹起攻擊號角 | → | 《觀察者網》 接棒起跑 |

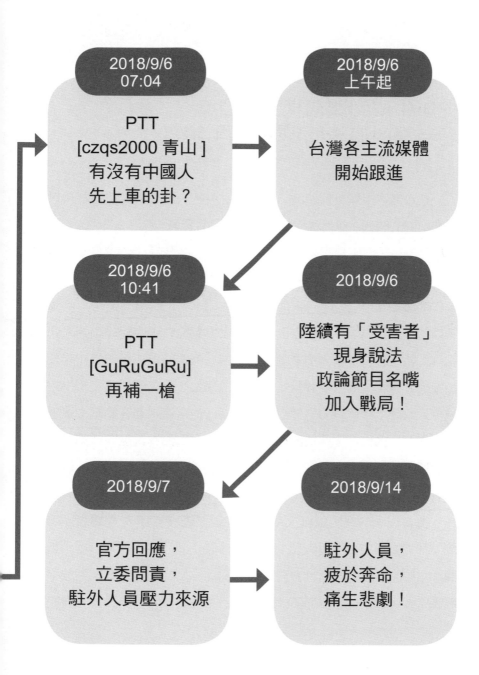

2018/9/6
07:04

PTT
[czqs2000 青山]
有沒有中國人
先上車的卦？

2018/9/6
上午起

台灣各主流媒體
開始跟進

2018/9/6
10:41

PTT
[GuRuGuRu]
再補一槍

2018/9/6

陸續有「受害者」
現身說法
政論節目名嘴
加入戰局！

2018/9/7

官方回應，
立委問責，
駐外人員壓力來源

2018/9/14

駐外人員，
疲於奔命，
痛生悲劇！

從犀牛皮到關西機場事件
看台灣的假新聞與言論自由

在台灣，有關「假新聞」，似乎並不是一個太新鮮的議題。只是在不同的時代、傳播環境之下，有不同的意義：在過去「假新聞」可能是一種帶有某種實驗性質、嚴肅意涵（文學或社會使命）的「諧仿（parody）」；到了現在，則毋寧是個災難。

前者如 90 年代的「犀牛皮事件」：1993 年縣市長選舉，宜蘭某候選人涉嫌偽造外國學歷。當時作家馮光遠在《中國時報》人間副刊「給我報報」專欄撰文嘲諷，指稱在美國的南加州大學指導教授威廉・霍華出面證明該候選人是他的學生，論文題目為「犀牛皮移植到我臉上法律效力之探討與追究」。但這篇刊登在報紙文學副刊的搞笑「創作」，卻被該候選人陣營，拿來做為其擁有外國學歷的證據。甚至也一度引發其對手陣營向刊登此文的報社抗議。後經作者出面解釋這其實只是一篇虛構的嘲諷文章。

值得注意的是，這篇文章不論從創作動機或所刊登的版面看來，其實並無刻意混淆視聽、欺騙讀者的企圖。會被視為一則「新聞」，應該是彼時台灣社會許多人，對此搞笑文類或副刊屬性並不熟悉所致。此事件除說明了，在那個台灣解嚴之初的年代，大多數

人對新聞媒體大致還維持一定程度的信任。另一方面也凸顯了，許多文化人持續追求言論自由的同時，也企圖「解構」新聞（用新聞報導的口吻陳述一件完全虛構的事件、以促成社會反思媒體對閱聽人認知的支配性）的實驗與努力。更重要的是，要成就此「假新聞」的進步（正向）意義，還在於創作者與讀者間的默契：這則新聞是虛構的！

到了現在，台灣有了更多的媒體，卻也有更多的假新聞。但上述的默契也已蕩然無存，現代的假新聞之所以惡質就在於：絕大多數訊息的接收者並不知悉這是假的。而訊息的製造者或散布者，非但不是基於倡議何種進步價值，而且居心叵測。例如，2018 年的「關西機場事件」則堪稱近年來有關假新聞所引發台灣社會動盪的「經典之作」。更嚴重的是，此虛假訊息的源頭，竟來自終日對我虎視眈眈的境外敵對勢力，這可說是本事件與上述「犀牛皮事件」最大的不同。

若以狹義而言，本事件可從 2018 年 9 月 4 日燕子颱風重創日本關西地區，造成機場設施、聯外道路受損，近 3000 人受困機場開始，接著因一則來自中國的不實訊息的散播、發酵，引發台灣社會一連串的爭議，直至 9 月 14 日意外造成我一名外交官員不幸犧牲作結。

但若以廣義觀之，則要從中國官方於 2009 年宣布投入 450 億元人民幣在全球推廣「大外宣計劃」開始，繼之以「犯我中華者，

雖遠必誅」的「戰狼外交」對內凝聚、鼓動民族情緒……而直到此刻，中國的「戰狼們」依舊很忙，所以這類事件仍未結束。

1993 年的犀牛皮事件，無論能否達到啟蒙或除魅效果？或對任何人造成「傷害」？當時台灣社會已逐漸能接受此屬「言論自由」的範疇。到了 2018 年的關西機場事件，若僅以狹義觀之，雖然造成台灣社會紛擾、一名官員殞命，本事件終究和前者一樣，可能只被視為「言論自由」的議題。而台灣作為民主國家，重視言論自由，任何對言論的監管，皆以保障言論自由為首要且不可牴觸的基本原則。所以綜觀本事件後，那些疑似未經查證，散播不實訊息的媒體，代表公權力的 NCC 最後也只能依法對其「發函改進」。

然而，但若以廣義來看，本事件無疑是個「國安問題」。我們認為唯有將關西機場事件置於中國「戰狼外交」的脈絡下，才可以彰顯出該事件背後所代表的意義，以及所帶給我們的警訊。

今天我們重啟這個議題，並非企圖對言論自由作任何「限縮」。民主作為一種信仰，我們也相信真正的言論自由絕對不會，和社會所珍視的其他權利有所牴觸。但當假新聞由量變產生質變、被「武器化」，敵人以此對我們發動襲擊，假新聞已然不再是一種言論自由了，此時，我們也許只能「見佛殺佛」。

該如何面對偽裝成言論自由的國家安全問題？以下的例子，也許可以給我們一些啟發：

瓦特・布拉克（Walter Block）曾在《百辯經濟學（Defending

the Undefendable）》（經濟新潮社，2003）一書中，以〈在擁擠戲院高喊「失火了！」的人〉一文，提供了如何兼顧言論自由與公共安全的可能解方：他建議戲院老闆可以和顧客在契約中明定不得高喊「失火了！」因為此舉並無關乎言論自由，而是恪遵契約的義務。而此契約將能有效消弭言論自由和其他權利之間假設性的衝突。

作者主張，如果政府規定不得在戲院隨意高喊「失火了！」，可能侵犯了某些人（例如，虐待狂和被虐狂）的權利？而如果允許言論自由有「例外」存在，那麼我們對於言論自由的薄弱主張將會被不斷地減弱。但若有了契約存在，對於那些為了滿足私欲、卻不顧他人安危而任意高喊「失火了！」的人，便因此可以依約加以處置，而不損及言論自由。

在民主國家，政府受人民所託，其實就像是前述的戲院老闆：明知某些顧客的「特殊癖好」有違公共安全，還是要一視同仁地尊重他們的權利，只是要想辦法與所有顧客先約法三章。所以在如今這個假新聞四處流竄的傳播環境下，為了捍衛民主自由的價值，即便面對那些，為了私利而寧可配合敵人作資訊操弄的「在地協力者」，我們也不應輕言放棄對言論自由的堅持，令其因言論而獲罪。然而，為了國家安全，政府有責任協助人民，辨識假新聞的來源與動機，由人民自行選擇相信與否，只要是全民共同約定，這並無損及言論自由。

從犀牛皮事件到關西機場事件，雖然我們對民主體制的堅持、

言論自由的捍衛堪引以自豪，並一直為世界所敬重。但隨著通訊科技的進步、傳播生態的劇變以及境外敵對勢力的戰略演化等因素，似乎都讓我們的民主自由遭受前所未有的考驗。如何兼顧言論自由與國家安全？這不僅是台灣的媒體要面對的問題，更是每一位國人必須共同思考的功課。

蘇啟誠家屬曾在 NHK 節目中聲明表示：

「希望一個外交官的犧牲能引起台灣及日本政府有關當局、新聞媒體及相關法律的研究者對網路上假消息的流竄，在制度面上或法律面上能慎重思考如何妥當應對，防止不必要的社會混亂或者是無辜的人名譽受損」。而我們也希望，在經過此事件的教訓之後，能讓台灣人民重新找回彼此的信任，和追求民主自由的初心。

第 **1** 章

序曲：
大外宣、資訊戰
與混合戰

洪浩唐

發生於 2018 年 9 月的「關西機場事件」，起因於中國網路的一則虛假訊息，經由網媒傳到台灣的網路社群，再經由本地主流媒體推波助瀾，終於引發全民關注與議論。此時如果我們要對此事件作一較完整的回顧，便應將其置於中國對台灣進行混合戰的架構中（而非一偶發事件），並著重於此事件中本地媒體的表現、新聞（輿論）形成的過程，以及後續效應，如此方能釐清該事件的脈絡、其所彰顯的意義，以及所帶給我們的教訓。

戰狼來了，誰知道

2017 年中國電影《戰狼 2》（吳京導演）首映，據維基百科的資料顯示，該片在中國總共上映天數為 95 天，票房總計 56.81 億人民幣，是中國首部總票房突破 50 億的電影。由於電影的民族主義情緒濃厚，「戰狼」日後成為了中國民族主義或漢族沙文主義情緒的代名詞。中國強硬的外交方針亦被稱作戰狼外交。

戰狼外交

戰狼

該片在當時雖未在台灣的實體戲院上映，但許多台灣觀眾仍可以透過 DVD、網路等管道看到這部「話題電影」。

《戰狼 2》在當時之所以會是一部「話題電影」，除了它的（中國）高票房引人側目外，最引發議論的，莫過於該片的片尾出現一

本中國護照，其上面並寫著：

「當你在海外遭遇危險，不要放棄，請記住，在你身後，有一個強大的祖國！」

（編按）三立前駐日特派員潘彥瑞曾於 2017 年 8 月 14 日「想想評論」撰文：

許多人稱讚這片打鬥和特效精彩細膩，坦克衝破圍牆和水下搏命的鏡頭刺激，整體感覺已經媲美好萊塢動作片。人民日報拿最近內蒙古的朱日和閱兵詮釋：「祖國是戰狼 2 的關鍵詞，有觀眾感慨我們不在安全的時代，但在安全的國家。」電影最後出現巨幅中國護照，封底寫著這段話：「中華人民共和國公民，當你在海外遭遇危險，不要放棄！請記住，你的身後，有一個強大的祖國！」

想想副刊

即便許多台灣觀眾對中國這種自我感覺良好的「政治宣傳」感到可笑、甚至有些反感？但仍不免對中國政府這種全面滲透（無論商業與非商業、官方或民間）式的「大外宣」（全名是「中國對外宣傳大佈局」）留下深刻印象。

就好像當我們在觀賞由席維斯史特龍主演的《第一滴血》系列電影時，同樣是主角憑著一己肉身，深入敵境「殺入萬叢林，再流一滴血」時，觀眾直呼過癮之餘，應該都會意識到這是「戲劇演

出」？如果片尾也出現一本美國護照（並告訴觀眾「在你身後有一個強大的祖國」），戲院應該會爆出一陣噓聲或笑聲吧？

含有「邪惡動機」的大外宣，便是資訊戰

所以這種「大外宣」真的有其「成效」嗎？因為看過《戰》片的觀眾，只要稍加查證，或對國際現況有些許的關注，應該都知道該片劇情完全是「虛構」的（這本來就是一部「劇情片」啊）？看過該片的中國觀眾，難道就會相信「當你在海外遭遇危險」時，「身後強大的祖國」會像主角吳京在電影中那般神勇，不計任何代價前來拯救？在獨裁政權統治的國家，或許猶可藉由資訊控管來達到「愚民」的效果；但在資訊相對自由的其他民主國家，真能憑著這種罔顧事實、近乎造謠的宣傳手法，來「宣揚國威」、取得「國際話語權」嗎？

無論如何，彼時包括電影上映一年前（2016）甫就任中華民國第 12 任駐日代表的謝長廷、或隔年（2018）即將接任臺北駐大阪經濟文化辦事處處長的外交官蘇啟誠在內的大部份台灣人民，不管有沒有看過《戰狼 2》？可能都還沒意識到這部電影、或中國政府的這種「大外宣」主旋律下的種種產物，和我們有何切身關聯？一直要到 2018 年 9 月的「日本關西機場事件」，在引發台灣內部朝野、官民嚴重對立、分裂，並意外折損一位優秀的外交官之後，許多台

什麼是大外宣？

全名是「中國對外宣傳大佈局」。

2008 年北京奧運聖火傳遞時，由於遭受許多人權團體抗議，中國政府分析原因認為「中國的聲音跟文化影響，在國際上沒有相應的地位」。中國官方遂於 2009 年宣布投入 450 億元人民幣在全球推廣「大外宣計劃」。

中國國家主席習近平在 2013 年的中國思想宣傳工作會議上的表示：「要精心做好對外宣傳工作，創新對外宣傳方式，講好中國故事，傳播好中國聲音。」並於 2016 年指示中國政府「只要有讀者、只要有觀眾的地方，都是我們的宣傳必須觸及到的角落」。

所謂的「講好中國故事」就是要配合中國官方的意識形態跟口徑，用「中國觀點」去洗腦全世界的人，並且讓這些人變成中國共產黨的擁護者。其目的是搶奪「國際話語權」，將輿論、風向導向有利於自己的方向，並在國際競爭中佔據有利的位子。

根據國際人權組織「自由之家」（Freedom House）的研究報告（《北京的全球擴音》，作者為 Sarah Cook）指出，大外宣的手法初步是以擴大中央媒體的海外業務為主，包括建立新媒體、增設辦事處、吸納外語人才等，藉此與西方媒體「爭奪話語權」。

後續並利用包括成立中資的「假外媒」、以廣告方式在知名外媒刊登為中國贊聲的新聞內容、與海外新聞機構合作製作節目，或是直接免費提供中國官媒製作的影片、買下小型外媒機構等。此外中國的「一帶一路」計畫也企圖在經濟影響力之外，連帶將中國的媒體影響力帶進合作夥伴國家。

灣人民才認知：原來，一場「以資訊為名，偏頗、虛假新聞為實」的戰爭早已開打，而且，於今未息。

大外宣，即便跟其他許多國家的國際宣傳並無二致，只是執政者「出口轉內銷」，藉此和自己的國人同胞互相打氣、增強民族自信心，而沒有其他「邪惡動機」，但中國投入的預算過於龐大，也足以讓人瞠目。更何況，如果其目的是用假訊息來分化、顛覆別的國家，其本質就是一種「準軍事行為」了——究其實，它，就是一種「資訊戰」。

2018 年 9 月 4 日燕子颱風襲擊日本關西機場，機場因跑道淹水無法起降，聯外橋梁也遭到油槽輪撞壞，導致約有 3000 名各國旅客受困其中。隔（5）日清晨起關西機場即開始進行疏運旅客，一直到當晚才全部運輸完畢。這些事實經過，日本各大媒體及各國國際新聞均有報導。

中方造謠的宣傳手法為何成為影響台灣輿論的「假新聞」?

不可思議的是,就在同一天,中國網路媒體卻開始宣傳中國大使館「派車進入機場」,「優先」救出中國旅客,而台灣旅客「只要覺得自己是中國人,就可以上車跟著祖國走」。這個虛假資訊很快就傳到台灣,且在未經查證下(至少應該看一下日本或國際媒體的報導)成為台灣許多媒體的「即時新聞」,並造成本地名嘴、政客跟著譁然。即便後來很快就被證明這是一則「假新聞」,但仍難以阻擋許多網路鄉民、政論節目名嘴對我國駐日單位的批判與責難,最後導致大阪辦事處處長蘇啟誠,疑因不堪受辱、壓力過大而輕生。

如果不用「資訊戰」的思維來看待上述事件,而只將它當成是一則「無心的玩笑話」或「網路謠言」所意外引發的骨牌效應?那麼我們將很難解釋:為什麼有那麼多的台灣民眾在第一時間都不疑有他地相信這則「假新聞」?為什麼會有民眾、網友要自稱「受害者」,積極主動地向媒體「作證」?為什麼包括主流媒體在內的許多台灣新聞從業人員,對中國媒體流出的訊息,竟毫無戒心、而不稍加查證就全盤接受?甚至,最令人不解的是,為什麼即便事實被澄清後,該新聞也被證明為偽時,台灣民意對此事的看法仍陷於分裂?朝野對此議題的攻防反而越演越烈?

而當我們越加細究「關西機場事件」的資訊流動、媒體表現和新聞形成的過程時，不難發現有許多「人為操作」的痕跡，而且環環相扣，不太像是「擦槍走火」，反倒像是刻意點燃的引信、或算準時間按下的按鍵。許多研究中國對台發動「資訊戰」的學者都認為，此事件的「主體」是「資訊戰」；甚至，是一種「混合戰」。事實上，時至今日「關西機場事件」早已成為研究該領域的「標準範例」或「教材」了！。

　　國立台北大學助理教授沈伯洋，是近年來國內研究中國對台發動的種種「非傳統」軍事攻擊著力甚深的學者之一。他認為關西機場事件是一種新型態的攻擊模式，從頭到尾都是「空戰」，其攻擊的流程大致是：先由網路寫手撰寫主觀故事，再由內容農場報導，然後再設法（經由社群網站、政論節目）把這個訊息打出去──這套作法已經是 SOP，約莫自 2008 年後每次國外有災難（因為這個時候假新聞特別容易被相信、最容易見縫插針）就會按照這樣的流程進行。

對台資訊戰：激化對立＋社會裂解＋易於攻打→混合戰

　　而中國對台資訊攻擊之目的何在？簡言之，就是製造不同陣營對立（而非支持某陣營、某政治人物）。讓民主制度變成「民粹」，讓民眾都認為對方陣營是無法溝通的，一旦成功，國家、社會就變

得很容易裂解與攻打。沈伯洋認為，資訊戰最主要的打法就是藉由鞏固既有的想法（刻板印象），激化對立。他舉例，中國對台激化對立的手法，甚至可以「細緻」到在台派內部分為「華獨」與「台獨」，而要抵禦這樣的攻勢，就必須對「混合戰」的概念有所理解——若只看資訊戰就會失去全貌。

「混合戰」是指將傳統戰爭，不規則戰爭和網路戰爭等概念與策略方法相結合的軍事戰略。以俄羅斯所提出的混合戰概念為例，在其模型中，非軍事力量與軍事力量比例為 4:1，非軍事力量為主要攻擊，軍事力量主要是威嚇以及最後占領。非軍事力量包括外交

戰、貿易戰（經濟制裁）、金融（幣值）戰；資訊戰則橫跨軍事與非軍事力量。質言之，混合戰的目的，即是以最少的代價（軍事力量），達到戰爭的最終目的（併吞或消滅敵國），當然，最佳方案是能夠「不戰而屈人之兵」！

又，資訊戰是混合戰其中的一環，炒熱度是標準模式之一。其目的正是藉由反覆炒作某特定新聞議題，「潛移默化」地讓群眾產生種種對其發動者有利、或刻意製造的概念或印象（例如：「小英身邊的人都貪污」、「討厭民進黨」、「藍綠一樣爛」或「統一比較好」等等）。當整個社會瀰漫諸如上述種種被刻意製造、且「先入為主」的氛圍時，恰好成為提供各式符合此等意識形態的「假新聞」滋長、散播之一大沃土。由此可知，過去容或許多人都會對某些假新聞之荒誕不經、光怪陸離，感到好奇：為什麼還是有那麼多人會被騙？最主要的原因可能就是：有人已經為此假新聞的受眾，預先作好「心理建設」了！

特別是，此時政府如果光是採取因應要反制、澄清假新聞，不僅效果有限、治標不治本，且會「應接不暇，疲於奔命」。因為假新聞不僅製造成本低廉（所以可以快速複製、生生不息），且以台灣現行的法律，通常難以真正究責（一旦進入司法程序，不但曠日費時，且不必然可以給受害者一個「遲來的正義」）。況且，假新聞的目的，不就是希望你去打它？如此才會越炒越熱，這是一種「惡性循環」。所以，澄清、打擊假新聞之外，政府回應此等戰

役的最好的方式，就是儘早讓大家知道，台灣已經進入準戰爭狀態——唯有全民共同對這種新型態的混合戰提高警覺，才能防範未然，制敵機先！

　　職是之故，2018 年的「關西機場事件」殷鑑不遠，此時如果我們要對此事件作一較完整的回顧，便應將其置於中國對台灣進行混合戰的架構中（而非單一偶發事件），並著重於此事件中本地媒體的表現、新聞（輿論）形成的過程，以及後續效應，如此方能釐清該事件的脈絡、其所彰顯的意義，以及所帶給我們的教訓。

面對中國一再發動的資訊戰,「公開透明」
是最好的防禦

專訪沈伯洋教授(台灣民主實驗室理事長、台北大學犯罪學研究
所助理教授)

　　誠如前述,「關西機場事件」早已成為研究境外敵對勢力對本
國發動「資訊戰」的「標準範例」。為了讓讀者對此一領域有較深
入而廣泛地認知,筆者特別訪問了台灣民主實驗室理事長、台北大
學犯罪學研究所沈伯洋助理教授。在此訪問中,沈伯洋不僅提供了
他對近年來中國對台發動的各種資訊戰的模式、操作細節及其演變
(化)趨勢的深刻觀察及研究心得。更對台灣(官方和民間)對抗
此類資訊攻擊的現況與對策提出了建言。

1. 在「關西機場事件」之前,中國對台進行「混合戰」攻擊,
已經進行多久了?有哪些跡象可以做為推估的佐證?

　　據「財團法人國防安全研究院」表示,關西機場事件並非中國
類似操作模式的首例,之前好幾次只要國外有中國旅客的類似
事件,他們就會直接製作類似新聞。只是過去可能根本沒有台
灣旅客,所以並未引起台灣注意。類似這種模式幾乎可以說是
他們的 SOP 或例行公事了。

　　但我較關注的重點是,台灣內部為何有人要去推波助瀾?我反
而認為這些人更可疑,因為他們是故意去配合對方(中國)來

散佈這些假新聞。當然，相信有一些人是在不知不覺中「被影響、被觸發」才去散佈假新聞。但我們也發現，台灣的部份傳統媒體是主動在配合這些假新聞的傳播，例如在關西機場事件當時，內容類似的假新聞，幾乎是鋪天蓋地在同一時間佔據 Google 搜尋前兩頁。

同時我們也發現，對類似事件的報導，在中國內部反而非常少。可見他們的目的並非要對內展現自己的國力有多強、或台灣有多弱，而是有意將這類不實訊息散佈到台灣。

2. **利用突發事件迅速發展成「資訊戰」的規模，需要哪些主、客觀的條件的配合？**

資訊戰有個特色就是，攻擊方會根據不同的被攻擊族群，投遞不同主題的假新聞。例如，他們知道台灣有些人，容易受到某些議題挑逗，他就去製造一個素材給你，反正如果一百個人中有兩個人受到影響而再去散播，如此就算是成功。

像最近我們就作了一個實驗：看不同國家認同的人（認為自己是台灣人、中華民國人或「是台灣人也是中華民國人」）對陰謀論的接受程度？結果發現；只認同自己是中華民國人的人，其接受各種陰謀論的比例，會比其他二者高出許多。我們之前並沒有預料到，「認同」對假新聞的擴散會有如此大的差別。可見如果對岸想要散佈某種陰謀論，他們只要鎖定某些特定意識形態的族群，就可以事半功倍──因為他們特別容易被特定議題的陰謀論綁架而不自知。

3. 在「關西機場事件」之後,請問是否觀察到我國政府有何具體的行動?

政府對關西機場事件是否為一被中國攻擊事件,並沒有定調或承認。目前政府對假新聞的澄清,也沒有由一個專責單位來統籌,主要都還是由各部會單打獨鬥。例如,許多政府單位都有「網站小編」來負責澄清假新聞。雖然到目前為止這個「小編系統」運作尚稱良好,但這僅僅是政府的部份。對於社群媒體、社會大眾無時無刻所遭受假新聞的襲擊,政府目前所做的,其實是遠遠不足的。目前網路上的「闢謠工具」幾乎都是民間自行開發的。

4. 國內有意識此問題者在推《代理人法》、《境外勢力登記法》等立法,如果順利三讀,對於未來發生類似關西機場的事件,將會起什麼作用?

例如,如果有《代理人法》,將來若有某政論節目,在經過一定司法程序調查後,被發現和中國有特定關係,該節目就必須要標示其為中國代理人,讓閱聽大眾清楚知道其可能所代表的立場或利益。所以若觀眾發現,有關像關西機場事件的傳聞與評論,均出自於標示中國代理人的特定節目,自會有所保留或警覺;或至少,會有選擇是否相信的依據,甚至會有再進一步查證的動機,這都可為謠言的散佈,多設幾道關卡。

另外，對社群網站的個人帳戶也是一樣，例如，在美國就有類似規定，許多中國的 Youtube 帳戶都被要求標示出資者。這種規定有另外一個作用就是，增加謠言散播者的成本——許多人會因為怕麻煩，索性就不做了。

5. **依照常理，中國理應在台灣 2020 大選時，火力全開地對台灣發動資訊攻擊，但大選結果似乎並未符合（中國）期待，這是否顯示中國的戰略失效？**

他們 2020 最大的失策，就是去複製 2018 的操作模式。例如，韓國瑜 2018 一開始被包裝成一個（政治）素人，所以當時的網路聲量、選票都因為這種新鮮感而頗有斬獲。但當他當選高雄市長，已經是個十足的政治人物時，如果再用同樣模式，效果難免會因失去新鮮感而大打折扣。該陣營似乎沒有注意到這一點，還去製造許多有違常識的新聞，難免會有反效果。

另外就是 FB 做了一些限制，不准「內容農場」的文章貼在上面，使得中國文宣有一陣子無法在 FB 散佈。這對該陣營其實頗為不利，因為 FB 一向是他們的主戰場。於是他們就轉戰 Youtube，但因時間太短，無法累積足夠能量，否則以當時的動員能量，其效應也不容小覷——據統計，在選戰期間，台灣 Youtube 的「打賞排行榜」前十名，就有八個是韓粉直播主。

還有就是跟中 X 新聞台一起起舞的電視台也變少了，所以少了

2018 那種鋪天蓋地的氣勢，畢竟在台灣，傳統媒體還是許多民眾獲取資訊的重要來源。

6. **根據你的觀察，從 2018 年「關西機場事件」至今，中國在「混合戰」的戰術上有何進化？**

技術進步很多。例如在 Youtube 上的運用，以前都是機器人的聲音，現在已經進步到用電腦模擬合成台灣政論節目主持人的聲音，逼真到讓人誤以為這些假新聞、偏頗評論是出自台灣政論名嘴之口，這可說 AI 技術的進步。

其次就是有越來越多的「在地協力者」。

例如有一段時間，因為 FB 擋他們，使得他們難以在 FB 貼「內容農場」的文章，他們就利用 LINE 廣告，貼出類似：在家裡也能賺大錢的廣告。很多本地大學生都會收到這種廣告——你只要在家裡坐著幫他們發文章，就可以賺錢。

他們的確就把這個機制做出來。當時我也有試著加入這個群組，我記得台灣人大概就有兩百多人吧？當時就是自己去幫他們創專頁、發文章，一個月有時可以拿到（台幣）兩、三萬元！

這種機制很聰明：如果被抓到，可以辯稱我就是一個對政治有熱誠的台灣人在那邊轉發新聞，又能奈我何？對中國而言，這種事與其自己做，不如花錢找願意做的台灣人代勞，其效益更高。

而且中國要這些人代轉的訊息，不見得都跟政治有關，通常一開始都是一些健康知識、人生哲理、勵志小品…然後再慢慢進到政治議題。他們就利用這些單純想賺錢的人，幫他們大量散佈一些所欲傳達的訊息，就算如果被抓到，反正斷一條線也沒差。

7. **台灣很多人喜歡講各黨「網軍」（例如，1450、柯粉、韓粉、昌粉等），甚至已經成為各政黨用來互相攻擊的名詞？請問這些所謂各黨「網軍」，與中國發動資訊戰攻擊的「網軍」本質上有何不同？**

第一個是數量。就以中國的武警來講，他們也會作網路攻擊。而中國的武警就有一百五十萬人。而且他們都受過特殊訓練，例如一口氣把大量的垃圾訊息全部倒入某個平台，讓別人要在該平台查資料都查不到——在規模上是台灣「網軍」所難以企及的。

第二個就是性質不同。就拿民進黨政府所謂的「網軍」（例如，我們之前提過的「小編系統」）來講，如果要在中國找出性質相同的網軍相來類比，應該是指他們專門對內宣傳政府政績、負責「維穩」的人才對，這樣比較才有基準點，因為他們所做的事情比較類似。但是如果要研究資訊戰，假設要研究中國對外進攻的網軍，那你應該去研究民進黨（政府）有沒有去養一群人，專門去進攻美國、日本、柬埔寨…，這樣的類比才合理。

但據我所知，目前我國並沒有專人負責這類事務。根據 OII（牛津大學研究資訊作戰的單位）的研究表示，目前全世界就只有中國、俄羅斯、伊朗這三個國家做得最多。

8. **美國政府對華為等有資安疑慮的集團進行制裁，可否視為美中混合戰的一環？其成效如何？**

美國對華為的制裁應被視為是美國抵禦混合戰的一部份。至於美對中的貿易制裁，則比較像「科技戰」，因為美國擔心被中國竊取科技，所以才用貿易手段來防範。相較於科技戰（竊取高科技、滲透科研學術機構…），中國對美國的不實資訊攻擊，可說尚未成熟、或尚未發揮作用。

至於華為的案例，重點在個資。資訊攻擊要做得好，要作到「因材施教」才比較有效──就是根據不同的族群、小團體，施放不同主題的假新聞，這樣才容易擴散出去。如果一則假新聞無差別地（沒有鎖定「目標客群」）一口氣投遞給二百萬人，那麼其反彈力道反而會非常強大。那麼要如何將一則假新聞準確地投遞到該訊息所欲鎖定的「目標客群」？這時候蒐集被攻擊對象的個資就顯得非常重要。

所以如果今天你的個資被另一個國家掌握太多，他作資訊戰就會變得非常容易。制裁華為就是在防範這件事。例如中國的內容農場若要做假新聞，他們前一年便會開始在 FB 做類似「心理

測驗」等小遊戲來蒐集個資。雖然美國尚未真正受到中國的資訊攻擊，但制裁華為等有資安疑慮的集團就是在防範未然。我想在某種程度上，美國似乎也受到台灣的影響——因為畢竟美國也觀察、注意到中國這幾年對台灣的資訊攻擊狀況。

9. **中國日前先後遭受武漢疫情、長江洪患等天災（人禍）肆虐，在這種狀況下，中國是否會降低對他國進行「混合戰」攻擊的力道？**

我覺得還好。因為做網路工作也不必到實體的地方上班。但我相信疫情初期可能多少會受到影響，因為中國有好幾個網軍據點剛好就在武漢地區。

但中國的災情對其戰力的影響，最主要的可能還在於，因內部同時發生太多問題，而產生「資訊戰」人力調配的吃緊。因為若中國內部的許多天災人禍一下子同時爆發，他們可能就要調動一些原本從事「對外宣傳」的人，先來支援「國內維穩」工作。另一方面，疫情反倒也提供中國一個用資訊攻擊他國的機會。我們可以發現，疫情期間中國便對台灣、東南亞國家作了許多假新聞的攻擊，例如，在疫情還不明朗的二、三月，他們便對台散佈新北市已經死了五、六百人，而台灣政府還刻意隱瞞的假新聞。又例如，中國透過各種假造或斷章取義的報導，企圖向全界散播「病毒是美國製造的」的假新聞。

10. 像台灣這樣的民主法治國家，既要抵抗資訊戰攻擊，又必須兼顧言論自由與人權，我們可以依賴立法等正常民主程序達到防禦效果嗎？

我覺得並沒有牴觸，只要政府做到「公開透明」，便可適度防禦。我舉個例子，之前我在做一個「台灣宮廟如何被中國滲透」的研究時，發現他們滲透失敗的原因，常常是因為宮廟太「公開透明」。例如他們若想要某宮廟活動舉行時，刻意行經某幾個較親中的廟宇，但依照民間信仰習俗，舉辦活動與否是要該廟信徒共同「擲筊」來決定的？就算是該廟的主委立場多親中，擲筊的結果「一翻兩瞪眼」，誰也無法單憑自己的意圖去改變——這就是一種「公開透明」。

「公開透明」本身就是一種民主的核心價值，而且這其中並沒有去限制任何人的言論自由，公開透明的民主程序反而會讓假新聞更無所遁形。

第 2 章

關西機場事件始末：
眾聲喧譁下的真／假相？

洪浩唐

9 月 4 日 `15:00` 強颱侵襲，關西機場封閉

2018 年 9 月 4 日，日本西部遭受一個號稱是 25 年來最強的颱風「燕子」侵襲，颱風挾帶狂風暴雨橫掃日本的四國、近畿，不僅造成 11 人死亡，填海建造、適逢開航 24 週年的關西國際機場更是嚴重淹水，設施受損，導致部分區域停電。強大陣風吹翻屋頂及橋上卡車，還將大阪灣一艘重達 2591 噸的油輪掃向通往關西國際機場的橋梁，導致機場聯外橋梁中斷，無法通行。一時之間關西機場彷如海上孤島，大約有 3000 人受困機場航廈動彈不得，機場從當日下午 3 點封閉，短期內難以重啟，受影響航班每天約有 5 百班。當晚機場大面積停電，僅少數區域有一點點燈光，機場發放了基本的礦泉水、餅乾、可以鋪在地上的紙箱，遊客們在缺水缺電、無法取得外界連繫並缺乏救援、接駁資訊的狀況下，可說是在機場渡過惶惶不安的風雨之夜。

據交通部觀光局通報，根據國內主要日本線旅行社回報，截至當晚 7 時半，初步統計受影響滯留當地並延後返台旅行團約 20 團，旅客 568 人；另統計取消行程旅行團 23 團，旅客 731 人。

> 據交通部觀光局通報，燕子颱風襲日時，台灣旅行團約有 20 團，旅客 568 人受影響滯留當地，因為都有事先得到通知，並沒有到關西機場，所以沒有任何一個台灣的旅行團陷在關西機場。

原本訂好 9 月 4 日或 5 日從關西機場返台的團體大多延後返台，並且改由東京或是高松機場返台。

　　至於關西機場關閉影響的台灣旅客主要是自由行的人，且非華航、長榮的旅客，所以並未事先收到通知，因而滯留在關西機場，估計約有 4、50 人。

9 月 5 日 06:30 以機場巴士及高速船開始疏運旅客

　　關西機場淹水水勢在上午逐漸退去，前一天被迫滯留在機場內的三千旅客，迭有抱怨：

　　——災害發生當時，機場並未多做說明，只能讓旅客不斷等
　　　　待，也被迫睡在機場內。

　　——颱風造成機場內停電，無論是空調、自動販賣機等都無法
　　　　使用，便利超商的食品也是全部賣光光，許多人陷入又熱
　　　　又餓困境。

　　為了疏運滯溜一夜的旅客，關西機場自 5 日清晨 6 時 30 分起，就出動高速船與機場免稅店巴士以水陸兩線方式進行接駁疏運，將滯留旅客運送到神戶機場與泉佐野車站（南海電鐵的鐵路車站，位於大阪府泉佐野市，方便旅客轉乘）。但因機場聯外橋梁只開放單行通車，為了防止塞車，所以並未開放接駁巴士以外的各國公有或私有車輛進入。

關西機場的疏運工作持續了一整天，直到 5 日晚間 10 時 35 分，快速船將關西機場旅客疏運到神戶機場終於完成；到了晚上 11 時，巴士運輸從關西機場到泉佐野車站也全部運輸完畢，結束了一個日夜的機場驚魂（日本放送協會 NHK 報導）。其中，唯一例外的是，一部分中國旅客搭乘的接駁車開到日根野，因為中國的旅行社派車至日根野接運。

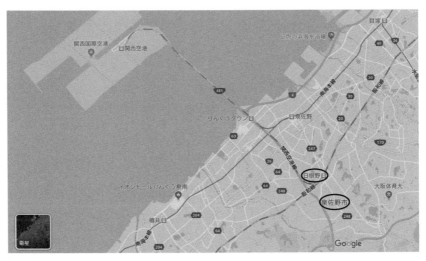

▲ 機場 / 泉佐野 / 日根野的地理位置

　　燕子颱風造成的突發性災難，原本就考驗日本疏散、救災的執行，一天之內將旅客疏散到安全的地區，階段性任務也才告一段落。疏散旅客後的關西機場持續關閉，進行跑道等的檢修，等待重啟。而日本航空公司也針對原本利用關西機場起降國際線的旅客，規劃臨時航班，讓旅客利用其他機場起降。

阪和線の沿線から

阪和線沿線在住の管理人が記している日記です。
鉄道を中心に、バス・航空・フェリーといった交通全般に関する話題や、
管理人の乗車記録や原記、撮影記録などを気の向くままにお送りしています。
当ブログの更新情報やコメントについては、当ブログ用ツイッターアカウントを
利用下さい。

2018年09月05日

【JR西日本】【南海電鉄】台風21号の影響による運転状況（2018.9.5現在）

稀に見る強さで上陸し、近畿地方を中心に大きな被害を与えた台風21号。
こちらのエントリーでご報告したように、私の自宅でもほぼ一日に渡り停電が発生しましたが、公共交通機関にも大きな影響が出ています。

既に報道等でご存じの方もおられると思いますが、関西空港関連では、台風による高潮の影響で関西空港島が冠水した上に、台風による強風の影響で漂流してきたタンカーが連絡橋に衝突し、橋桁が大きく損傷しました。

また、私の住んでいる阪南市内でも、南海本線・尾崎駅で火災が発生し、駅舎が全焼する被害が発生しました。

かように、私の生活圏内の鉄道でも大きな被害が出ているわけですが、本日（9月5日）現在での運転状況をまとめてみましたので、明日以降の参考になれば幸いです。

●阪和線（天王寺〜和歌山）：
天王寺〜日根野：本数わずか
日根野〜和歌山：運転見合わせ

日根野駅付近の車両基地において、台風の被害により複数の電柱が倒れ、車両の移動が出来ない状況で、現在も復旧作業を実施中。
但し作業の進歩次第では、明日（6日）も引き続き、運転見合わせ等が発生する可能性あり。
十分な輸送力が確保できないことから、分散乗車への協力を告知

●きのくに線（和歌山〜白浜）、和歌山線（和歌山〜五条）：
台風通過後の点検の結果、倒木や電柱の傾き、電線の切断など、線路・電気設備に甚大な被害・破損が多数発生しており、復旧までに相当な時間を要することから、各線区において運転を取り止め。

参考Webサイト：
列車運行状況｜南海電鉄
近畿エリア　運行情報：JR西日本列車運行情報

個人的には、阪和線の日根野〜和歌山の復旧がいつになるのか気になるところです。
ただ、復旧したとしても、列車の本数は限られたものになるのではないかと思われます。

一方の南海線では、運転は復旧しているものの、私自身の最寄り駅である尾崎駅は全列車通過扱いとなるため、仮に和歌山に行こうと思えば、鳥取ノ荘から普通列車のみ利用することとなるため、いずれにせよ通常よりも早めに行動することが必要かと思われます。

尾崎駅の状況も気になるところなので、時間があれば現地を確認できればと思っていますが、ひとまずは明日の阪和線・日根野〜和歌山間がどうなるか、でしょ

▲ 日根野車站的停駛證明：日根野站附近的車站基地，因為受颱風影響，有數個電線桿倒塌，目前修復作業中。

但誰也沒有想到，當 3000 多位各國旅客陸續被機場巴士載運到安全區域，等待下一階段的接駁時，竟因為一則未經證實的微博貼文，不但在網路世界發酵，還演變成媒體攻防，最終釀成一位駐日外交官之死。

9 月 5 日 12:23 微博〔洪水猛獸 baby〕吹起攻擊號角

就在關西機場人員忙著疏運受困旅客的同時，一個中國微博名為〔洪水猛獸 baby〕的帳號，卻以「第一人稱」發出一則訊息：

「……在一夜的煎熬等待後，我們的大使館第一時間協調機場安排專車接中國遊客轉移，看著其他國家遊客還在排著巨長的隊伍等待公交車，聽大使館的小哥哥說，昨夜裡一點他們就在準備待命啦，心裡油然而生的自豪讓人不禁淚目。中國，我愛你！@新華社@人民日報@共青團中央」

值得注意的是，雖然這則語氣頗似《戰狼 2》台詞、附有照片、影片（後來被證實為造假）的訊息，以貌似人在現場（關西機場）的中國旅客之姿發表的「個人感言」。但在其下方卻也標註《新華社》、《人民日報》等新聞媒體，更特別的是，被標註的竟還有「共青團中央」──「@」符號在微博有「提醒（接在符號後面的人）」的意思。發文者標註新聞媒體，或許猶可以解釋為「希望此訊息得

到主流媒體關注、並透過其傳播」。但標註「共青團中央」則不免
啟人疑竇——難道在中國，「共青團中央」也算是一種「媒體」？
該單位和發文者之間有無任何（從屬、對價）關係？

▲ 微博〔洪水猛獸〕baby 貼文。

9月5日 22:29 內容農場接棒起跑

　　〔洪水猛獸 baby〕的訊息貼出後，其他的微博帳號（像是受到某種召喚似的？）很快地跟進，其中不乏有人開始「加油添醋」（例如，台灣人只要覺得自己是中國人就能上中國大使館派來的專車），使的這則訊息益形「茁壯」，而終於成為一則「有血有肉」、受困中國旅客見證偉大祖國即刻救援的「親身經驗」了！

　　這些訊息最後在 5 日當晚，由中國網路媒體《觀察者網》集結、整理做成一則有現場照片、微博截圖，可說圖文並茂的「報導」（假新聞）：

　　　　「（前略）…但就在今天下午，微博朋友圈陸續傳來消息：中國領事館來接人了！

　　　　據中國駐大阪總領事館消息，關西機場旅客滯留事件發生後，領事館迅速啟動應急機制，今天（5 日）凌晨派出第一批工作組趕赴機場周邊，瞭解被困中國旅客情況，並與日方協調對策方案。

　　　　在中國領事館的積極協調下，今天上午 11:30，集中轉運中國旅客工作開始！

　　　　被困遊客告訴觀察者網，當時並未想到領事館會來接人。導遊稱如果按排隊，需要排 3-5 天，但一早又傳來消息，領事館已經和日方對接過，『今天一定派車接我們過去！』

這名遊客也坦言，平常在國內感受不到的，這次親親切切的體會到了，在這個時候國家對你的重要性有多大。

　　另外，北京時間記者致電大阪總領館，接電話的人說，所有人都去前方服務了，她是使館工作人員家屬，被安排留下來負責接電話。

　　另外，這次撤離過程中還有一個插曲。有人發朋友圈稱，滯留旅客中也有一些臺灣同胞，詢問能不能一起上車，得到的答案是，覺得自己是中國人就能上車。

　　在現場的遊客告訴觀察者網，台灣遊客詢問後，便也和大陸遊客一樣，開始去大巴隊伍排隊。」

　即便這則「真假摻雜」的新聞，後來被日本《產經新聞》在11日晚間引述關西機場發言人說法，直言「所謂中國總領事館派車進入關西機場並非事實」（因為如果讓這種事發生，其他國家若作出相同要求，一定會讓現場更加混亂），而證實此為一不實訊息。但該「新聞」卻在第一時間很快地被中國大大小小網路媒體轉傳，甚至在隔（6）日也躍上了中國各主流媒體的版面。當然，也很快地傳到了台灣。

9月6日 07：04 PTT〔青山〕問：有沒有中國人先上車的卦？

　PTT（批踢踢）可說是台灣使用人次最多的網路論壇之一。不僅許多網路「鄉民」喜歡在此聊天、「問卦」，許多媒體記者、名嘴、

甚至政治人物，都會到此搜尋新聞、蒐集輿情或「體察民意」。從 PTT 的內容（討論的議題）屢屢被媒體引用、成為主要消息來源的趨勢看來，說它是台灣新聞媒體的「另類中央通訊社」似乎也不為

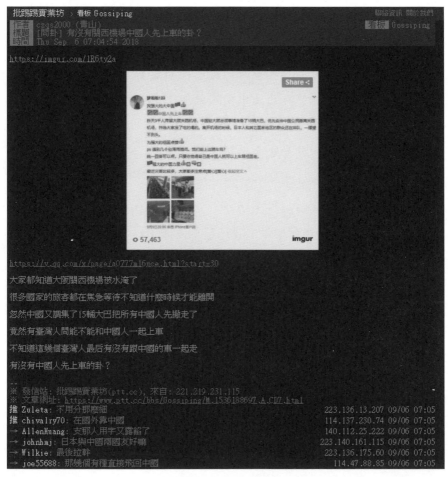

▲「czqs2000（青山）」在 PTT 的發文。

過。也正因為如此，長期以來，PTT 也成了台灣的言論市場中，企圖為各種議題「帶風向」的兵家必爭之地！

6 日清晨，正當《觀察者網》的報導，逐漸要在中國各大小媒體發酵之際，台灣這頭的 PTT 卻出現了一則帳號為〔czqs2000（青山）〕的發文：

> 「大家都知道大阪關西機場被水淹了
>
> 很多國家的旅客都在焦急等待不知道什麼時候才能離開
>
> 忽然中國又調集了 15 輛大巴把所有中國人先撤走了
>
> 竟然有臺灣人問能不能和中國人一起上車
>
> 不知道這幾個臺灣人最后有沒有跟中國的車一起走
>
> 有沒有中國人先上車的卦？」

這則發文可說是台灣關於「關西機場事件」（中國旅客先上車？台灣旅客能不能上車）最早的「消息來源」。值得注意的是，這則發文的 IP（網路位置）後來被發現來自中國北京，該網友不久也被起底是一名中國的攝影記者——這就不禁令人好奇，他那麼迅速地（與中國諸多內容農場幾乎「零時差」）對台灣的 PTT 發出這則訊息的目的為何？是急著要查證新聞是否屬實（受困機場的台灣旅客，此時可能都還沒回到台灣）？還是刻意要「帶風向」？而即便該則貼文底下很快就有其他網友留言，質疑其真實性，但這些都不減損台灣媒體對這則「新聞」的興趣。

9月6日 上午 台灣各主流媒體竟然未經查證，開始跟進

當然，台灣的媒體不見得都是因為上述這則 PTT 發文而注意到此事，因為此時中國媒體對此事件的報導與炒作，已經高調到很難讓人視而不見了！特別是此事件的「元素」，除了天災以外，竟然還包含了兩岸政治角力（中國遊客優先上車？台灣遊客要自認中國人才能上車？）──即便新聞嗅覺再不靈敏的記者，恐怕也都可以感受到，這會是一條「漏不得」的「大新聞」！

果然，從 6 日上午起，台灣各大主流媒體（包活平面、電子）幾乎都不約而同地報導了這則「即時新聞」：

《**自由時報**》「台人受困關西機場待援 中使館竟稱：自認是中國人就上車」

《**中廣新聞網**》「旅客受困關西機場 陸方租車接運陸客」

《**ETtoday 新聞雲**》「陸使館派 15 車到關西機場 台灣旅客「自認中國人」就可上車」

《**三立新聞**》「硬欺台灣！中使館：自認中國人可上車」

上述新聞的重點，幾乎都擺在「台灣人自認是中國人就可上車」。而消息來源，則幾乎都引述自中國網媒《觀察者網》──令人好奇的是，台灣媒體是經由何種管道知道《觀察者網》的報導，而似乎也沒有台灣的記者或編輯對這家中國網媒稍作調查。

「查證」是媒體的天職，特別是對傳統媒體而言，其公信力往往是建立在處理每條新聞的專業、嚴謹的態度上。台灣絕大多數稍

具規模的新聞媒體，面對這則深具新聞價值的訊息，除了搶在第一時間，先發出第一波即時新聞以搶得先機外，自然也得儘量設法向事件關係人求證。但不可思議的是，絕大多數報導此新聞的本地媒體並未查證日本媒體報導。

　　當然，記者們應該都明白，能夠親自訪問到當事人是最理想的狀況。但如果真有困難（例如，截稿的時間壓力、人力不足、預算有限…），退而求其次，上網到各個社群網站逛逛，看有沒有其他「當事人」（或其親友、「朋友的朋友」…）願意主動出面，現身說法了。顯然，就此新聞的後續發展看來，台灣許多新聞從業人員的「截稿壓力」，真的不小（而「不得不」選擇後者）？而且，肯定有許多記者會發覺：此事件的許多「當事人」還相當積極主動。

9 月 6 日 10:41 自稱台灣旅客的〔GuRuGuRu〕再開一槍

　　6 日早上 10:41，有一位叫〔GuRuGuRu〕的網友在 PTT 留言自稱：

是搭乘「中國使館的巴士回到大阪市區的台灣人」

「受到中使館的幫助非常感恩」

「有台灣辣媽說中使館有派車來載僅限中國以及港澳台的人」

「坐車時沒有要自稱中國人」

「打電話到駐日辦事處請求協助住宿卻受到不耐煩和訕笑對待」

「要大家去盯一下駐日辦事處到底在搞什麼東西吧」…

〔GuRuGuRu〕是誰？為何要發文？
是否足以影響公共安寧？

　　強颱燕子在 2018 年 9 月 4 日重創日本關西機場後，台灣網友〔GuRuGuRu〕9 月 6 日在 PTT 的日旅版發文指出，中國駐大阪領事館有派出專車協助轉運，反觀台灣駐日代表處都沒幫忙，他打電話到大阪辦事處尋求住宿，還被對方不耐煩回說「有什麼事情嗎？」，「你要住哪裡是你們的選擇，我要怎麼幫你找住宿？」慘被冷漠拒絕。

　　〔GuRuGuRu〕的留言在網路發酵後，導致駐大阪辦事處處長蘇啟誠與駐日代表謝長廷成為眾矢之的，負面批評排山倒海而來。謝長廷受訪時表示：「如果說要道歉要看哪一點嘛，大阪辦事處如果有錯，那大阪應該道歉。但是外交部在查嘛」。但這段話後來卻被部份媒體及藍營政治人物掐頭去尾（刻意去掉「如果」二字）、斷章取義扭曲為，這是指責大阪處，且因此導致處長自殺。

　　謝長廷表示當時也向大阪辦事處求證，並且問到當時接電話的值班雇員，9 月 5 日凌 0 時 32 分有接到一通來電，打電話的是個男性，還說剛從神戶上來，講完還有一陣笑聲，顯示旁邊還有其他的人。

但是 GuRuGuRu 則稱他當時人在大阪，是坐巴士到車站，所以謝長廷直覺，GuRuGuRu 應該不是自身的經驗，可能是聽來的，因此他一直要找這個人出面說明。

　　謝長廷後來接受《風傳媒》專訪時指出，他們在網路上請「GuRuGuRu」出來說明，但是他都不出來，結果被 PTT 水桶（被水桶的人在水桶期間內，將無法在該看板發文、推、噓文），禁止再上。由於「GuRuGuRu」不出面，直到駐大阪辦事處長蘇啟誠輕生後（蘇啟誠生前也一直想找出打電話的人），都沒有出來，因此謝長廷決定提告。

　　刑事局偵辦後，根據「GuRuGuRu」的帳號資料，掌握到發文者是設籍南投埔里的游姓男大生，埔里分局依違反社會秩序維護法第 63 條「散布謠言，足以影響公共之安寧」通知到案，訊後函送南投地院審理。

　　游男在法院時坦承 8 月 30 日至 9 月 12 日在日本大阪旅遊，但是他先說他的帳號被盜用，後來又改口說是他的女朋友潘姓女子，所以謝長廷認為他沒有誠意、沒有信用，但是「我咬定是他寫的」，那天打電話可能不是他，也不是他的女朋友，可能是他聽人家講的，發了一篇文章。

　　根據台灣南投地方法院埔里簡易庭在 2018 年 11 月 26 日做出的裁決指出，被移送人否認有何違反社會秩序維護法第 63 條第 1 項第 5 款之行為，並辯稱：「其於 107 年 8 月 30 日至同年 9 月 12 日有在日本大阪旅遊，其有申請批踢踢網站之帳號。

但是該帳號非其申請，且其並未尋求台北代表處之協助，該謠言亦非其張貼散佈。」

雖然游姓民眾否認網路留言為其所留，然經承審法官詳閱卷內資料認定確為其留言無誤，但因移送機關提出之證據尚不足認定游姓民眾所為「足以影響公共安寧之程度」，故裁定不罰。

法官並認為，該謠言對國內民眾不足產生畏懼或恐慌，而在日本大阪的台灣民眾，縱使未獲代表處的協助，最多是等待時間拉長或造成不便，非生命已遭受急迫威脅，也無法證明致人心生畏懼、恐慌。

除了這則指控我國駐日單位辦事不力、態度不佳的 PTT 留言，從 6 日下午開始，台灣的媒體對這則新聞的後續報導中，也陸陸續續地加進了，引述一些「自稱」當時受困機場的台灣旅客的現身說法。只是，媒體記者或許有保護消息來源的義務，但閱聽大眾卻也無從得知（求證）這些受訪者的真實身份，或他們受訪的方式（親訪？電訪？或只是引述自其在 Facebook 等社群軟體的說法）可不可信？但無論如何，媒體所引述的這些「台灣旅客」的說法中，對 5 日當天關西機場的狀況（中國大使館有無派車？需不需要自稱中國人才能上車？）似乎也莫衷一是、言人人殊。

6 日中午起，台灣各大報的即時新聞都作了報導，其中《聯合報》的報導頗有專業素養：

《聯合報》傳出中國大陸使館昨日派車進去救援陸客，只要承認自己是中國人就能上車。不過關西機場今表示，昨日持續封閉，沒有讓外車進入。

● 各主流媒體爭相報導「被害人」投訴

　　至於以下這些後續報導有一個共同特點就是：都有「儘量」向「新聞關係人」作進一步「查訪」（但以何種方式「接觸」受訪者就不得而知）。而有些受訪者因為提供了許多當天的「細節」陳述，使得中國大使館的「貼心服務」更具「說服力」；也令我國駐日單位相對顯得「冷漠、毫無作為」？

《自由時報》「有網友在 PTT 日本旅遊版 PO 文還原現場狀況，稱自己昨天就是搭乘中使館的巴士回到大阪市區的台灣人，他本來正排往神戶港的快速船隊伍中，但是人龍超長，根本看不到盡頭，有好心人士跟他說中使館有派車來載僅限中國以及港澳台的人，他立刻跑去排隊，『雖然還是等了十個小時才搭到車，但至少離開了關西機場。』

這名網友強調，在運輸過程中，有中使館的工作人員上車調查，車內共有多少位台港澳旅客，『完全沒有任何人要我們自稱中國人』，他也忍不住抱怨台駐日辦事處無作為。」

《蘋果日報》「一名台灣旅客指出，一對中國夫妻，見她獨自一人排隊等候，便邀她一起去搭中使館巴士，她原本擔心上車

後會檢查護照或要喊口號，結果什麼事都沒發生，巴士載一行人到大阪市區大車站，放乘客下車，全程約花4小時。」

《中時電子報》「此事瘋傳網路，但真實性有待確認，一名在場的台灣旅客表示，陸方派出的接駁巴士並沒有說任何話，直接二話不說載送中國以及港澳台旅客，根本沒有新聞報導中的情形，反觀台灣的駐日辦事處根本冷眼旁觀，沒有提供任何協助。」

《鏡週刊》「…一名家住宜蘭的許姓女子和丈夫向本刊投訴…當時交通運輸全面中斷，航空公司下午宣布取消他們的班機，眾人臨時搶訂旅館，加上停水、停電，廁所惡臭、商店食物和飲水被搶購一空，場面混亂。

……許女說，由於附近旅館全部客滿，加上機場大廳各處都是旅客，急著找尋棲身之所的他們遇上同樣行色匆匆的中國旅客。聊天時，得知中國將派出多輛巴士來接中國籍旅客。過程中因為找不到任何可以施予援手的台灣單位，只好跟著排隊等車，後來其實中國人員也發現他們口音不同，還好未查看護照，順利搭上巴士離開關西機場。

……許女一家人說，滯留機場期間，竟無台灣駐日單位提供任何實質協助或關心，讓他們必須偷搭中國巴士逃難，不免感嘆『弱國無外交』。」

最值得注意的是，到了 7 日，《中央社》也發出一則「住在宜蘭的許姓女子」的訪問報導，不知該名受訪者和前述是否同一人？因為本篇報導中的許女，顯然受到中國官方（比前述報導中的許女）更周到的服務？她在此篇訪問中不僅交待了更多細節，甚至連自己過往的政黨傾向也不吝公開。當然，也對我國的駐日代表更為失望。

中央社發出有記者署名的報導，倍增混淆

《**中央社**》「…許女表示，中國官方人員 5 日到旅館詢問『誰是中國同胞』，打算查看護照、過濾身分後，安排搭車離開。他們硬著頭皮去問『台灣人可以嗎？』中方人員委婉說『謝謝』，未正面回覆便離開，讓許女一行碰個軟釘子。

…許女說，後來一名中國旅客邀他們『一起上車』，他們就跟著排隊等車。後來其實中方人員也發現他們口音不同，『可能是那種情形下不忍心，就放水通融』，中方工作人員未刁難、未查看護照，就讓他們上車，還說『行李我來拿，您顧好小孩』，讓她覺得很感動。

…中方除安排巴士在關西機場接旅客到泉佐野，還安排 15 輛大型巴士在泉佐野等候，供旅客轉乘到神戶、京都、大阪與新大阪等地，讓她覺得『真的做得很足夠』。

…以深綠支持者自居的許女表示，滯留機場期間，沒遇到台灣駐日單位提供任何實質協助或關心，這次受到中方協助，雖不會改變她的政治立場，但她已對中國大陸改觀，很感謝中方在災難時刻伸出援手。

…在許女以半開玩笑口吻說『大陸祖國好給力』的同時，她的丈夫跟許多網友一樣批評台北駐日經濟文化代表處代表謝長廷不夠關心受困的台灣旅客。

許女的吳姓丈夫說，颱風癱瘓關西機場隔天，謝長廷在社群網站臉書（Facebook）發表與巴拉圭新任駐日本大使會面和批評中國國民黨的文章，卻看不出來有關心滯留在日本的台灣旅客。」（中央社記者蕭博陽南投縣 7 日電）

攻擊重點從中國大使館派車接送轉為指責台灣駐外單位

比起眾說紛紜的網路傳言，做為國家通訊社的《中央社》，發出這則（有記者署名的）報導，除了較具公信力外，某種程度上，也等於為許女的說法的真實性背書。同時也間接地為「大陸祖國好給力」、「台灣駐日代表毫無作為」定了調，但若對上述兩篇報導交叉比對，有若干疑點可能社方仍須請許女或負責採訪的記者稍作釋疑。例如：中國官方人員 5 日有無到旅館詢問許女？機場當天不是只出不進嗎？中國官方人員是如何進到機場旅館？——這些疑問

之所以重要，是因為其他媒體均未提到這些細節，而這些細節恰恰就是中國大使館提供如此（優於其他國家的）服務的「硬證據」。

　　而本篇報導還特別強調受訪者許女政黨傾向的「轉變」，這雖然可能真是許女的「真實告白」，但作為一則受困機場旅客的新聞報導，讀者實在看不出揭露當事人的政黨傾向，對事實的釐清有何幫助？而如果出現於新聞內容的每段文字都是有意義的，那麼我們不禁要問：在一災難新聞中，強調「受害者」的政治立場，所欲傳達的是何種（政治）訊息？難道負責該篇報導的記者（或編輯）認為：由一被特別標明「以深綠支持者自居」的許女，來批評我國駐日代表，會更具說服力？或者，是在「召喚」過往和許女同樣政治立場的人，一同來見證「大陸祖國好給力」？

　　無論如何，透過這些受訪者的說法，台灣的媒體反倒也可（間接）證實了兩件事：

一、台灣旅客並不能確定自己在機場所搭的車，是不是中國大使館派的（因為他們上車並沒被要求查看任何身分證明文件，而搭車資訊也都是其他同困機場的中國旅客提供的——而非中、日官方所宣佈）？

二、台灣旅客並沒有被刁難或非得自認是中國人才能上車。

但很顯然，上述兩點並沒能成為此間媒體關注的焦點，因為他們發現「受訪者」（不管是否為同一人？）不僅描述了事發當時的種種細節，更重要的是，還抒發了自己對此事件的感受（抱怨）：「台灣的駐日辦事處沒有提供任何協助」──根據新聞嗅覺研判，這才是這則新聞的「重點」──因為這使得整件事有一個具體、明確而「可歸責」的對象！

9月6日 晚間 政論名嘴開講了！

政論節目是以「評論」為主，所以大多數都僅能引用已經曝光的「二手」新聞，鮮少有第一手的新資訊出現在節目。6日晚間的許多政論節目，所能引用的新聞更是相當有限──製作單位或名嘴在第一時間所能參考的，除了國內主流媒體的報導，大多數的來源還是網路，特別是中國的網媒（有許多是由專人編寫、產製的「內容農場」）。以至於當晚許多政論節目的主持人和來賓所引用的資訊（數據、時間、地點…）、或經過自己消化所提出的觀點──後來竟都被證明：錯誤百出？例如：

黃暐瀚《新聞深喉嚨》「燕子颱風把 1000 噸的船直接撞過來……橋梁已經歪了……北面的這個還可以走，所以大陸就派車去了」

黃智賢《夜問打權》「導遊說，如果我們接受日方派出來的輸送，大概排隊你要排三五天才會……台灣的旅客才能夠輸送完畢，因為

現場台灣旅客大概有 400 多名……」

劉寶傑《關鍵時刻》「……很多旅客，受困在關西機場，而這個時刻，我們看到了大陸，派了 50 多輛的旅行車，把他們的旅客，一個一個的給載出來……」

　　政論節目的名嘴們將 2018 年 9 月 4 日當天的關西機場內的情況描述得活靈活現，彷彿他們當時也在現場一樣，例如，財經專家黃世聰在節目《關鍵時刻》（2018.09.06）中不止一次強調，當時機場內停水停電，漆黑一片，甚至「靠近廁所的地方簡直臭不可聞…」──雖然這些狀況不一定需要親身經歷就可以想像得到，但採取這種類似說書人演義、渲染、補強細節的技巧來重述一則「新聞」，的確能讓觀眾更加身歷其境、感同身受，而增強其「可信度」與「同理心」。

　　用誇張語調描述一則新聞，本無可厚非。但我們更須注意的是該新聞的「來源」──究竟是記者親自採訪所得？亦或是網路上（來源已不可考）的二手傳播？例如，《關鍵夜現場》（2018.09.08）節目中，由東森新聞大陸中心主任楊釗，指證歷歷地說明中國大使館的車子的確「排除萬難」進到機場…同時也歷數近年來，中國駐外單位從世界各地（例如埃及、峇里島、日本）接回中國僑民的「英勇事蹟」（該段談話所附的新聞標題即「一個都不能少 從埃及、峇里島、日本接回大陸僑民的強國姿態！？」）──觀眾可能的疑問是：為什麼一則日本的新聞會由該台的「大陸中心主任」來報導

（而非該台派駐日本的記者）？該新聞有無向日本方面查證過？該新聞的消息來源是否只是「中國網路媒體」的單方面報導？

　　而另一方面，政論節目中對於關西機場事件的評論，觀眾隱約可以發現每位名嘴其實各有其「專長」或「分工」？例如，「宅神」朱學恒就專攻網友在 Google map 對「台北駐日經濟文化代表處」的種種負評（詳 2018.09.07《關鍵時刻》），並據此來證明我駐日人員的失職、不作為，並非始自 2018 年 9 月 4 日的關西機場，而是長期的「慣犯」，但他沒告訴觀眾的是，光憑某些「真實身份」不可考、來自世界各地的網友在 Google map 的留言（其真實狀況也同樣不可考），就來論證台灣的駐日代表失職，是否過於武斷？

在「混合戰」的大架構下，打進政論節目意味著攻擊成功

　　正確資訊似乎從來不是這些節目所追求的第一要務，「評論」才是政論節目的王道！特別是在此事件中，最可被歸責的對象（台灣駐日代表）已經浮現，此刻，政論節目所需做的「階段性任務」，就只是用力批判、形塑輿論（營造同仇敵愾氛圍）而已。

　　無可諱言，台灣的政論節目，其政治立場或政黨（偏好）傾向即便不是壁壘分明，但長期以往，其收視觀眾也大概都知道，要去哪些節目尋找「己方正義」並與其「同溫層」互相取暖。我們願意相信，大多數節目製作單位並無心存撕裂社會的「實質惡意」；且

政論節目的本質是一種「Talk Show」，本來就比較傾向是一種「表演」、或對任何新聞議題的「演義」，所以要靠政論節目來釐清事實真相、或闡釋較深刻的政治理念並不容易。正因為有誇大、渲染、激情等表演藝術的特質，又是國內中壯年以上人口吸取政治相關資訊的主要管道，所以政論節目也是用來鞏固既定（政治）立場、凝聚特定意識形態的一大利器！

而若我們回到「混合戰」的大架構下來看待此事件的發展：發動攻擊的一方，若將欲炒作的議題成功打入政論節目，幾乎已經算「贏」了！因為此時國內民意的（統獨、藍綠、世代…）立場之戰，進入被預設的「自動模組」：操持各式意識形態的人，會自動就定「戰鬥位置」，在自己國家內部尋找「敵人」。此時，若官方再加入（陷入？）這場戰局，對發動攻擊者而言，這場風暴就更形「完美」。

9月7日起 謝長廷、蘇啟誠、張淑玲陸續回應，仍難澆熄謠言

謝長廷說：「傳聞說中國派車子去機場救，我們不能救，我們的旅客要搭中國的車子，要自稱中國人。大家看起來這會很羞辱、很生氣，那我當做出氣筒，沒關係。但這是謠言。」（2018/9/7《中央社》）針對中國派車到關西機場疏運中國旅客一事，他在其臉書澄清指出，日本的做法是「只准出不准進」，沒有任何車子可以進

去關西機場，中國的車子也要停在 11.6 公里外，在那裡接駁，所有的人都是坐機場的巴士或高速船離開機場到泉佐野站或是神戶機場。從泉佐野站就可以搭電車到大阪市中心或是到東京。台灣的旅行巴士也是這樣接駁。問題是，這次有少數自由行，約幾十人，因為駐日代表處也不知道，也無法聯絡上，加上他們要去的地方也不一定相同，所以他們坐了中國的車子。

謝長廷並指出，「但請大家冷靜想想，如果 9 月 5 日私人巴士或汽車可以到機場接人，那麼機場一定大亂，寸步難行，反而不能有效率地疏散。所以日本做法是只准出不准進，所有人都是坐機場的巴士或高速船離開機場到泉佐野站（電車有通）或神戶港。」依關西機場的書面報告，9 月 5 日早上高速船 6:00、巴士 9:00 開始載，至晚上 11:00 通通載完，共載 7800 人。這個人數超過滯留人數 3000 人，也包括中國旅客 700 多人，可見大家都是搭乘機場安排的交通工具離開機場。

而根據時任我國駐大阪辦事處處長蘇啟誠給外交部的報告（107 年 9 月 10 日，請見附錄三），針對陸方派員、派車前往關切陸客事：4 日關西機場因應颱風來襲宣佈下午之後關閉，在此之前即有多批大陸旅行團已抵達機場，人數達 750 人。5 日上午大陸航空公司人員乃將大陸、港、澳及 32 名我國籍旅客集合後搭乘機場接駁巴士至 11 公里外泉佐野車站，惟對外宣稱巴士是大陸駐阪領事館提供的。事後經了解係免稅商店為招攬客人派車將旅客送往

大阪市中心。由於大陸籍旅客眾多，大陸駐阪人員確有派員前往泉佐野車站關切。本處未派員前往車站或港口關心國人，讓國人有感，難辭其咎。

　　外交部亞東及太平洋司事張淑玲也曾澄清指出，當天能夠從關西機場派車出來的只有機場專車，他國應無法派車進入，可能是中國旅行團多，由導遊、航空公司引導中國籍旅客或其他旅客，去搭乘機場所提供的專車，並在距離機場 11.8 公里處的泉佐野車站轉搭原來安排好的車輛，或其他所預備的車輛。團客本來就有車子，本來就是預期到機場去接人，但是機場進不去，他們一定會在機場附近做準備。問題就出在「自由行」的散客。針對民眾求助外館遭到冷漠對待部分，張淑玲表示，「一方面當天急難救助是比較緊急，然後來洽詢的狀況也比較多，但是這個應對若有不當，造成國人有冷漠感的部分，我們還是要深切反省。」（2018/9/7 民眾赴日遇災求助受氣 外交部要求駐處檢討《中央社》）

中央社報導

　　雖然謝長廷、蘇啟誠、及張淑玲等人士，連番對此事做出澄清及解釋，且拿出證據佐證，但因此時國內輿論及網路的焦點已經從「中國有無派車到機場？」逐漸轉移到「我國駐日單位冷漠無作為、態度不佳」、且不斷有許多（真假難辨的）「受害者」陸續「出土」。這不僅使得官方對此事件的澄清（辯解？）顯得徒勞，朝野、藍綠等不同立場、意識形態，對此事件的爭議也越演越烈。

雪上加霜的北海道地震

　　日本北海道在 9 月 6 日凌晨約 2 時 08 分發生 6.7 級地震。由於有不少台灣旅客受困北海道，因此駐日代表處札幌辦事處設立「緊急服務中心」，提供旅日民眾物資及洽詢解決各類問題，謝長廷也親自飛往北海道協助。經過協調，在 9 日有華航 3 班飛機、長榮 2 班飛機從札幌新千歲機場起飛，一共載運 1500 名左右的台灣旅客回鄉。

　　謝長廷在北海道受訪時也為駐日代表處（大阪）同仁緩頰指出，駐日代表處需要處理相當多事務，當天飛機停飛，所有人困在機場，「沒有一個國家有辦法救」，都是由日本統一安排，因此沒有什麼中國巴士。他說，如果駐日代表處沒救到人、服務不佳，可以道歉，但希望大家對同仁要公平．

　　謝長廷並以北海道地震救援為例指出，「北海道這 3 個人不眠不休，若再給負面的評價，他們會很傷心」。他並強調，札幌辦事處只有兩個員工、三個雇員，服務不周，盼大家包涵。

9月14日 疲於奔命＋人言可畏，痛生悲劇

隨著對我國駐日單位不利言論逐漸發酵，不僅讓駐日代表謝長廷成為眾矢之的；更由於此言論導因於，滯留日本的台灣人聲稱赴台北駐大阪辦事處求助，卻反遭冷言冷語對待，這更讓身為大阪辦事處首長的蘇啟誠，首當其衝地飽受國內輿論批評指責。

禍不單行的是，就在關西機場遭強颱襲擊兩天後，日本北海道在9月6日凌晨發生規模6.7的強震，也造成不少台灣旅客受困北海道！台灣的駐日單位一方面除了要忙於受困北海道的旅客疏運事宜外，另一方面，還要不斷地向國內民眾澄清此次關西機場事件中的種種「不實傳聞（指控）」，以我駐日各代表處的人力配置，其左支右絀，不言可喻。

受到颱風和地震的雙重影響，包括網路、媒體及政論節目對於大阪辦事處及處長蘇啟誠的撻伐如排山倒海而來，並傳出蘇啟誠將因此被調回國內懲處。加上謝長廷因為到北海道處理地震後續，有幾天不在東京，也讓蘇啟誠獨自面對輿論的壓力。

在關西機場與北海道地震處理告一段落後，政府駐日六個處的主管原定9月14日要在大阪召開會議，議程包括檢討最近關西機場受颱風侵襲時，駐日官員因應台灣旅客受困的作為。

不料，蘇啟誠卻缺席，結果被發現在官邸自縊身亡。

9月14日以後　誰，殺了外交官？崩壞了自由社會！

蘇啟誠死亡前兩度簡訊給京都友人王輝生醫生，一次是針對王醫師批評輿論的扭曲攻擊（《自由廣場》一種天災 二種民情（2018-09-08）／《自由廣場》日本災區台僑來函（2018-09-10）／《民報》天災地變吹震出臺灣日本的二樣情（2018-09-10）），他說「所言甚是，同感，但沒有人聽得進去」。另一次說「處置不當，連累謝大使，罪過。」足見他當時心情低落。

「…蘇處長七月才由沖繩調來大阪，初來乍到就受此巨浪的沖擊，我與他有過整整一天，朝夕相處之緣，其溫文儒雅、老實敦厚的印象，讓身為醫生的我直感，當他遭到如此來自自己國家媒體，排山倒海般的污衊詆毀時，身為當事人而且沈默寡言的他，在風頭浪尖的百忙中恐怕無暇也無力去自我辯白而將難以招架…

…10日蘇處長來電郵質問我：『請問博士 自由客人數來源是那裏』，我於12日據實以報並安慰他說『確實人數如未辦妥登機手續大概無從查考吧』，蘇處長馬上回我『處置不當，連累謝大使，罪過』，最後，他針對我為了替他昭雪而提供的文章，表示『所言甚是，同感，但沒人聽進去』想不到竟成了他最後的遺言…」（王輝生醫師9月16日投書《蘋果日報》—「敬悼被口水浪所淹沒的蘇啟誠處長」）

政府駐日六個處的主管原定 9 月 14 日要在大阪召開六處協調會議，這是一個協調性會議，議程包括加強各處的橫向聯繫以及支援經驗的交換。

謝長廷 2018 年 12 月 21 日在臉書指出，「9 月 14 日的會議，這是一個協調性會議，不是追究責任的會議，他怎麼會為了不出席協調會而自殺。蘇前處長的檢討報告我事前不知道，在他輕生五天後才收到。」

僑務委員、律師張雅孝向《自由時報》指出，蘇啟誠過世前一晚曾和他通過電話，希望協助追查假新聞的來源。蘇有留下部分通話記錄，兩人約好隔天當面詳談。沒想到隔天就傳出惡耗。蘇啟誠曾告訴他，打電話的似乎都是同一人，說話口音很相似；放出假消息的也是同一人，很可能也是寫假新聞者；不過寫文章的人是女性，打電話來的則是男性。

而就在蘇處長不幸往生之後，台灣的政論節目卻也開始分別作了程度不一的「修正」，例如《關鍵時刻》在 9 月 14 日之後，就完全沒有任何關西機場的討論與後續報導，但《新聞龍捲風》卻開始討論起我國駐外人員的甘苦談，並且指控民進黨政府推卸責任，並「暗示」蘇啟誠是受到謝長廷的壓力而輕生，例如，名嘴謝寒冰在該節目中不僅作

新聞龍捲風

了前述論述，還引用一則網路留言，指稱該名網友年初至日本沖繩旅遊時，受到彼時派駐沖繩的蘇啟誠的協助，以此來證明蘇其實是非常優秀盡責的駐外人員，但該節目似乎忘了，不過幾天前，幾乎同樣一批人還根據中國網路新聞、Google map 對「大阪辦事處」的種種負評，大肆批判我駐日單位呢。

另外，另一名嘴許聖梅在該節目將矛頭指向先前譴責假新聞的綠營人士，認為他們譴責假新聞是在卸責，但他們可曾想過；如果沒有這些假新聞，

網友的負評

引發輿論對我駐外人員的不滿，這些基層公務人員和他們的長官何來「壓力」？難道當初不經查證即引述假新聞的人都無任何過失嗎？

謝長廷 9 月 16 日在臉書發文，請大家不要轉傳假新聞或偽造文書的影像。隔天又在臉書指出，這次假新聞的模式如無力阻止，未來代價將不是一個外交官的生命，而可能是整個自由社會的崩潰。他認為，台灣民主社會的成熟度已經有自省自淨的力量，大家要謹慎看待假新聞。

據蘇啟誠遺孀透露，蘇啟誠自殺前曾致電訴苦，並稱有可能會被調回台灣，當時雖有安慰「沒有關係，反正快退休了」，但蘇啟誠卻表明「我無法忍受。」她也指出，蘇啟誠不願一輩子盡心盡力所從事的外交工作、引以為傲的外交官生涯，在最後蒙受他人強加的污點，因而選擇自裁捍衛自己的名譽。

蘇啟誠家屬聲明稿全文

近日自地方法院對日本燕子颱風關西假新聞做出判決後，部分政治人物、媒體有不當批評擊恣意誤導模糊事實真相，損及我的先生、我們的父親大阪辦事處故處長蘇啟誠的名譽，我們家屬必須澄清如下：

1、蘇處長絕無憂鬱症。

2、遺書之內容只有我們家屬看過，其中並未言及假新聞造成之壓力，而是在完成上級交代之檢討報書後，開會之前一天，表明「不想受到羞辱」之遺言，以死明志。

3、家屬手中有保留其手機之通聯記錄及手寫遺書，外界諸多說法，是刻意誤導視聽，且有卸責之嫌。

我先生、父親是不願意他一輩子盡心、盡力所從事之外交工作，引以為傲之外交官職業生涯，在最後蒙受他人強加之汙點，因而選擇自裁捍衛自己之名譽。

我們家屬無奈、心痛，只有尊重他的選擇，也請社會各界朋友還我們家屬一個平靜、安寧之生活，讓我先生、父親能清白無憾，安心在天上做一個快樂的神仙。

聲明稿全文

（資料來源：東森新聞）

外交部在 12 月 21 日上午發表聲明澄清，指對蘇啟誠進行懲處、調職，甚至評定駐處人員考績丙等說法絕非事實。在關西機場事件後，外交部有立即針對強化急難救助機制召開系列會議並進行改革，確認急難救助範圍，防止急難救助機制的濫用，以保障外交部員工與民眾權益，並確保悲劇不會再度發生。

　　事情發展至此，雖然蘇處長的遺書並未言及假新聞造成之壓力，但此事件的確起因一則不實訊息而起的風波，導致一名奉公守法的外交官，不得不被迫以死自清，如此令人感到遺憾且荒謬的結局，似乎仍未讓大多數民眾有覺悟，冷靜思考此事件背後所透露出的警訊（台灣是否已被「資訊戰」攻擊）。

　　無奈，當時台灣社會毋寧更熱衷於各種「陰謀論」（政治恩怨、人事鬥爭…）的揣測與聯想，國內輿論（網路、政論節目）對此事件的爭論焦點已經轉移成：誰該為外交官之死負責？徒然讓發動攻擊者竊笑得逞。

第 **3** 章

後續效應：
江湖恩怨？江湖在哪裡？

洪浩唐

「找遊行道具、帽子頭巾……想起笑傲江湖的一段情
節：華山派弟子說要退出江湖，不再練武，把刀劍都拿去當
烤肉叉，仇家攻上來時，燙手無法使用，結果……還好是
遊行不是打仗，嘿，找到了。」（謝長廷，《噗PLURK：
長仔的噗浪日記》2009年10月出版）

這是一場精心設計，來自境外攻擊的新型態戰爭

隨著大阪辦事處處長蘇啟誠的往生，過往對我駐日人員毫無同
理心、不假辭色苛責的許多政治人物、媒體名嘴也立即「轉向」，
他們紛紛停止對駐外單位（基層人員）的攻擊，並打著「還蘇處長
及大阪處同仁公道」的名義，轉而「集中火力」地批判、究責駐日
代表謝長廷。

面對如此鋪天蓋地的批評巨浪，不知謝長廷可曾片刻想起上
述，十幾年前在「噗浪」的這則不無自況「退出江湖」意味的留言，
到頭來竟成了一種隱喻，昔日的仇家攻上來時，自己的刀劍卻因已
另作他途（例如解散謝系、遠離台灣政壇），而失去殺敵、甚至自
我防衛的作用？

雖然這些因關西機場事件而來的批判，無法（也不需要）證明
是「昔日仇家」所為，但從事件的許多後續發展（例如，監院調查
報告、北檢以「侮辱公署及公務員」等罪起訴「卡神」楊蕙如…）

看來，其「針對性」又很難讓人不往「江湖恩怨（政治宿怨）」的方向去聯想。

只是如今，當我們觀察關西機場事件後續爭訟及其後種種「食髓知味」、「見縫插針」的其他資訊戰、混合戰效應時，仍不免要問：如果（就算）這是江湖恩怨，那麼此事件的「江湖」又在哪裡？是千里之外的關西機場？還是蕭牆之內的台灣社會？亦或是爾虞我詐的兩岸局勢？特別是，如果整起事件已被證明是一場精心設計的新型態戰爭（來自境外敵對勢力的攻擊），台灣社會還要繼續劃錯重點、配合演出嗎？

日本 NHK 對關西機場事件的總結：失控的假新聞

在關西機場事件過了約半年之後，日本放送協會（NHK）於2019 年 3 月 4 日晚間 10 點的「close-up 現代」專題節目，以《失控的假新聞 駐日外交官輕生給我們的教訓》為題，製播了半小時新聞特集。該節目除了採訪東京、大阪、沖繩及台灣等地相關人士追查蘇啟誠輕生原因，並取得其家屬的最新聲明外，同時也將此事件的重心置於探討假新聞如何形塑輿論、引發台灣社會大眾、政治人物（主要為在野黨民意代表）、電視名嘴對駐外人員的責難，終於導致一駐日外交官

NHK 特集

NHK 特集
中文版

不勘受辱而輕生的憾事。該集節目也以此為鑑，對於假消息的肆虐向日本社會提出了警訊。

節目首先簡述了蘇啟誠的外交官生涯。包括其過去在沖繩當地的工作表現屢屢受到肯定，也頗受當地人士歡迎。曾與他接觸過的受訪者皆表示蘇確實為一稱職而優秀的外交官。

NHK 並取得蘇啟誠家屬的最新聲明表示，希望一個外交官的犧牲能引起台灣及日本政府有關當局、新聞媒體及相關法律的研究者對網路上假消息的流竄，在制度面上或法律面上能慎重思考如何妥當應對，防止不必要的社會混亂或者是無辜的人名譽受損。

節目並訪問了事發當時受困關西機場的台灣旅客汪姓母女，她們不僅詳述自己當時受困機場的景況，也細數自己如何從因資訊不足，受到虛假訊息誤導，進而在網路抱怨台灣駐外人員，及至後來發現當初自己所搭巴士，其實並非中國大使館所派…的心路歷程。

而當時與蘇啟誠有電子郵件往來的友人王輝生醫師，在節目中提及當時曾向蘇啟誠建議對於無的放矢的批評得要進行反駁。但蘇只無奈地回信道：「那不容易…所言甚是，同感，但沒有人聽進去」。

特別值得一提的，節目也訪問了台灣政論節目的名嘴黃暐瀚，他表示因為當時新聞競速的氛圍，在事實未經確認前就在節目上進行了評論。他表示願意對自己疏於核實的言論深切反省，並向社會大眾致歉。

在另一方面，製作單位也到台灣採訪行政院，報導台灣政府對

假新聞的防範措施。政府發言人表示，台灣正面臨如何在言論自由與維護社會秩序之間取得平衡的問題。

節目最後以兩位日本人對假新聞的意見訪談作結：《FAKE》電影導演森達也表示，真假的界線常很糢糊，並非簡單就能一分為二。但當行政權介入時，卻有可能會打擊創作自由。目前防範假新聞較理想的方式，應由媒體自己來進行核實，同時閱聽大眾也應自主性地參與核實的工作。名古屋大學研究所講師笹原和俊則表示，消滅網路流言是不可能的。問題在於我們應有相關因應措施。他的對策是先針對社群網路服務的「即時性」作出某些限制，例如針對使用者要分享不確定的資訊時設定時間差距等。

由於這是關西機場事件發生以來，日本媒體首次對其較完整、深入的報導。除了讓日本民眾一窺事件的全貌、並深刻地理解假新聞對社會及個人的危害；另一方面，這集節目對假新聞在台灣如何流動？對傳媒、政界的影響及效應的分析，對台灣民眾而言，應是更具參考價值。

茲就該集節目重點摘要整理如下：

1. 蘇啟誠家屬的最新聲明：

蘇處長不幸憾事發生後，其家屬鮮少對外發言。該節目所披露的家屬受訪回應，是其於 2018 年 12 月 20 日首度公開聲明後，再次對此事件的立場表達。

NHK 節目公布蘇啟誠家屬最新的聲明文如下：

「現在真相如何對我們家屬而言，是沒有能力調查的事，也不具有多大意義，將來歷史自然會對一個外交官的犧牲有一個公平的判斷。

希望一個外交官的犧牲能引起台灣及日本政府有關當局、新聞媒體及相關法律的研究者對網路上假消息的流竄，在制度面上或法律面上能慎重思考如何妥當應對，防止不必要的社會混亂或者是無辜的人名譽受損。

另外政府也好、組織也好、媒體也好，或者是網路利用者在未查明真相的情況下，也不要輕易相信或擴散，或是利用假新聞謀取自己的利益或譁眾取寵。

我想這樣他的犧牲就比較有意義了。」

2. 台灣旅客（汪姓母女）受訪：

汪姓母女是事發當時受困於關西機場的台灣旅客。她們不僅在第一時間用手機錄下了當時在機場的情形，也在搭上接駁巴士後，在社群網路服務 (SNS) 上 po 文表示：「中國大使館救助了大家」。

在這則消息事後被證實並非事實之後，汪姓母女受訪時坦言，當初因為身處完全不熟悉的環境、且完全得不到任何資訊的情況下，才會被此虛假訊息所誤導──這段訪問之所以重要，是因為汪姓母女可算是極少數，坦承當初受假新聞誤導、而事後願意親身出面修正先前對此事件批評的台灣旅客。

3. 蘇啟誠友人（王輝生醫生）受訪：

　　節目訪問了當時與蘇啟誠有電子郵件往來的友人王輝生醫師。王醫師提及當時曾向蘇啟誠表示，他認為中國大使館派車進到關西機場一事是假新聞，並建議蘇對於無的放矢的批評得要進行反駁。但蘇回信道：「那不容易…所言甚是，同感，但沒有人聽進去」。

　　而當時辦事處不分晝夜忙於回應總計超過千件的抗議電話、Email。王醫師在節目中感嘆：「『百口莫辯』，就算有一百張嘴也無從辯解。筋疲力竭，再怎麼想法子解釋，就算說破了嘴也沒人會聽。已瀕臨絕望」。

　　最後與王醫師 Email 往返的兩天之後，蘇啟誠踏上了不歸路。

4. 台灣名嘴黃暐瀚的道歉聲明：

　　名嘴黃暐瀚可能是關西機場事件後，至今唯一對自己當時的言論、作為（所造成的傷害）表達出反省與歉意的台灣媒體工作者。

　　在節目中他表示：「如果電視或報紙晚個半天一天才進行報導的話，收視率或收益就會降低。雖說事情是否屬實？比什麼都來得重要，但確實在這個點上，我有過掙扎…

　　新資訊在推特或 LINE 上以分秒必爭的速度流傳。因為流傳的速度太快，難以核實。但除了核實並無他法。我深切地反省了此事，也向大家道歉」。

5. 台灣政府對假新聞的防範措施：

節目除播出了台灣行政院的公務人員，忙於處理大量混淆社會視聽的網路錯誤資訊的日常，也報導了政府對此議題的態度。

行政院發言人 Kolas Yotaka：「與事實不符的假消息在數量上種類上都在增加當中。我們依然必須面臨，在民主主義的基礎之下，如何在言論自由與維護社會秩序之間取得平衡的問題。」

而經過此事件後，台灣政府正在審議對於強化規範散布假消息的的法律修正案。但社會上也出現了由政府來定義「惡意」有其危險性，將危害到言論自由等種種擔憂的意見。相較於中國箝制言論自由，台灣要如何維護一直以來所強調的言論自由，同時又對不實消息進行規範一事，台灣正面臨兩難的問題。

6. 日本社會對假新聞事件的觀察與省思：

（1）森達也（《FAKE》電影導演）：「所謂的謊言其實就某種層面來說，不也就是順著某人的願望而產生的嗎…謊言確實比事實更容易擴散，而事情的真相往往令人覺得無趣。

是「事實」？還是「假相」？能分辨的話，自然是分辨比較好。只是真假的界線也很模糊，並非簡單就能一分

為二。當行政權介入的時候……有可能會對創作表演者、採訪報導者帶來致命的打擊。包括網路，由媒體自己來進行核實，由媒體自己來倡導呼籲。當然觀眾、讀者、聽眾們也要自主性地參與核實的工作。我認為像這樣的動向應該是最好的」。

（2）笹原和俊（名古屋大學研究所講師）：「我認為消滅網路流言這件事是不可能的。問題在於我們應有相關因應措施，以中止網路謠傳橫流造成社會混亂或者有人因此喪生之類悲劇發生。「即時性」是社群網路服務最大的特徵，但它的機制也有可能反而會導致不確定的情況散佈更廣的後果。比如說，針對使用者要分享不確定的資訊時設定時間差距。或者將能推文的人數設個上限等等。若不預設可以踩煞車的機制，流言的散播應該很難停止。在那幾秒的時間差距裡，說不定使用者就改變想法不分享訊息了，因此我認為延緩即時性，拉長時間差距是重要的」。

2019 年 監察院調查報告：先射箭再劃靶，也是江湖？

2019 年 5 月 23 日，監察院監察委員江綺雯、仉桂美調查「關西機場事件」，發布調查報告並糾正外交部（詳本書第 212 頁，附錄二）。

糾正外交部的案由重點摘要如下：

一、外交部未積極多方查證並釐清相關疑點……亦無
任何人為此負責，核有重大違失。

二、駐日代表謝長廷……顯然對大阪處之協助非不能
也，是不為也……動輒未經外交部授權或同意，
逕以個人身分經由臉書或接受媒體訪問對外公開
發表有關職務之言論……外交部為駐日代表之上
級，卻放任其言行，未依法處置，亦顯有違失，
爰依法提案糾正。

而該份洋洋灑灑三、四百頁的調查報告，調查對象為外交部、
駐日本代表處及駐大阪辦事處，調查重點則包括：

一、有關媒體及網路報導燕子颱風侵襲日本關西地區事件之內
容。

二、燕子颱風侵襲日本關西地區期間，我國外交部駐日本代表
處及駐大阪辦事處之因應作為。

三、當時駐大阪辦事處蘇啟誠處長於官邸自殺之經過及其可能
原因究係假新聞或上級之壓力。

四、外交部對本案對外說明內容及內部調查作為。

五、駐日代表擅自經由個人臉書或接受媒體專訪對外表達個人
意見而未循發言人系統是否妥當適法。

其內容也巨細靡遺地列舉了諸多關西機場事件中，種種（不論
有無被證實）的新聞、傳聞、（個人）感受或意見。例如：

「⋯⋯蘇啟誠生前9月13日與駐日大使謝長廷密集通話4通。

⋯⋯〔GuRuGuRu〕確有可能是潘姓女子，且其推文內容確屬其親身經歷，並非虛構，故不論當時撥打大阪處急難救助電話的人是游男或潘女，既非造謠，然游男卻受到各方強烈指責⋯⋯希望藉此能回復游姓男大生受損聲譽。

⋯⋯大阪處9月10日以OSA0160號電報將『處理強颱燕子疏失檢討報告』陳報外交部⋯⋯經檢視蘇啟誠於9月8日手寫初稿後發現，內容前後相去甚遠，經詢問何人下令提出檢討報告並要求修改，大阪處經辦人員表示不知，吳釗燮則表示從頭到尾只收到9月10日電報送回的一個版本。

⋯⋯蘇啟誠修改後的檢討報告有『虛心接受鈞部懲處』、『難辭其咎』、『本處蘇啟誠處長⋯⋯深感有愧職守願坦然受處』等語，如蘇內心真接受上開自我扛責用語，應不至於在3日後回到官邸自盡，顯可能承受外人所不知之上級壓力。

⋯⋯據大阪處同仁證實，蘇啟誠輕生前已顯示心情不好、悶悶不樂、感覺緊張、多次反覆想調整座位、告知可能被調職等異狀。

⋯⋯蘇啟誠確實曾向大阪處秘書同仁及蘇夫人表達過

調職一事，駐處同仁也聽聞過。而對於 20 分鐘通話部分，確實有通聯紀錄，但查無公文及無錄音足以佐證對話內容。」

七名監委提出了 8 大「不同意見」

不過就在監察院發布此調查報告的同時，有另外七名監委王幼玲、田秋堇、蔡崇義、陳師孟、趙永清、高涌誠、張武修認為，該報告「內容多為揣測之論，係先射箭再劃靶」。而發表一份「針對江委員和仉委員調查 107 年 9 月燕子颱風侵襲日本關西地區造成的國人的不便，以及事後大阪辦事處蘇處長輕生之不同意見書」。

七名監委針對監院的調查報告共提出了 8 大「不同意見」（重點摘要）如下：

1. 調查意見一認為外交部以一通無法確認的通話內容，就認為大阪態度不佳而表示要大阪處檢討改進，缺乏事實基礎。但是大阪處……服務態度是否不好，也非單方認定，涉及對方的主觀感覺，外交部請求大阪處檢討改進，並非絕無理由。

2. 調查意見二充滿揣測之論，暗指檢討報告遭修改，且並非蘇處長真心自我扛責，可能是受到外人所不知之上級壓力……然而根據蘇處長的秘書陳述，檢討報告為處長親自撰寫，並且在草稿上作文字修

飾，調查案文所稱各節，皆未提出證據，只有憑空臆測，若調查無實證，劇下斷言，有失公允。

3. ……由於立法委員的要求，外交部駐外館處提出檢討報告，亦是尊重立法院的監督職權；且同時國內大量媒體與社群網路群起攻擊外交部與駐日館處，造成駐外同仁空前壓力，更造成外交部與駐日各處和蘇處長承受無比的壓力。

4. ……有不詳來源民眾透過電話半夜給大阪辦事處值班人員，並在批踢踢上發言指責代表處同仁回應態度不佳；究竟關係人是游姓大學生或後來自述潘姓女子為本案關鍵，報告卻未能查明，理應深入了解南投地院的調查。駐大阪辦事處於事發後若能啟動當地僑胞網絡協助，亦可有效減緩紓解辦事處的壓力。

5. 調查報告中未能提供外交部吳部長以及謝長廷代表完整訪談紀錄，顯然斷簡殘篇捕風捉影。也未詳駐外機構組織通則及外交部實務；包括未詳實查證謝代表與蘇處長事發後與外交部所有電文，亦未詳駐外館處轄區規範，即猜測謝代表輕忽大阪辦事處的災情……

6. 有關報告指稱前蘇處長疑慮被調職懲處……外交部係重用蘇處長專長再提拔至駐日第二大館大阪辦事

處，以蘇處長資深外交官應無誤解外交部調派慣例；調查報告過度渲染想像蘇處長疑似因此受調派受罰，實未詳外交部人事體例。

7. 本報告因關係國人對該事件之認知及深入了解，允宜全文公開供各界了解，並作為未來假消息或面對輿論沸騰參考。此報告因有諸多需改善不足之處，貿然提出，對監察院形象造成極大損傷，確為不宜。

8. 因為公務壓力，折損了一名優秀的外交人員，是全民之遺憾，本案涉及不實新聞傳播，因此調查報告能否釐清事實，還原真相，並且彌平爭議，讓社會體認網路新聞的殺傷力，成為往後處事的借鏡，事關重要。唯本調查報告並未爬梳事理，推論揣度，深恐遺憾。」

究其實，此份調查報告最大的遺憾就在於，將諸多未經證實的訊息、推理或揣測，混入其間。而使得其「可信度」大打扣？其效果不僅無助釐清事實，反而徒增此事件的爭議性？

12 月 2 日 楊蕙如因為「侮辱公署」遭起訴

而無論監察院的調查報告有無公信力？其內容所作的某些推理或揣測、明示或暗示，對許多本事件的「關係人」而言，可謂「殺傷力」十足？

例如，在該報告中除了「GuRuGuRu」外，還提到另一位也在 PTT 留言的網友「idcc」。指其於 2018 年 9 月 6 日傍晚在 PTT Gossiping 看板發文表示：「小夫（指謝長廷）這次是被迫背了黑鍋，大家可能不知小夫完全管不到大阪處，我也是第一次聽到覺得怎可能？」等「有替謝護航之嫌」的文字。這就讓監院在糾正外交部時認為：雖然無法證明「idcc」與謝長廷的關聯性，但「idcc」發文內容與謝受訪內容類似，有必要調查謝與「idcc」間有無關聯。

果然，在檢警鍥而不捨、努力偵察下，台北地檢署在 2019 年 12 月 2 日，依《侮辱公署及公務員罪》起訴了「謝長廷好友」楊蕙如及疑似受楊指使的蔡福明（「idcc」）。

《自由時報》2019/12/03，台北地檢署查出，「卡神」楊蕙如涉嫌指示蔡福明等下線發文帶風向，昨依侮辱公署及公務員等罪起訴楊、蔡二人。檢方起訴書指出，2018 年 9 月 6 日，楊蕙如與蔡福明等人聚會時，提供手機網路給蔡男等人，由蔡男等人使用 PTT 帳號「idcc（笑死）」發表標題為「（爆卦）大阪空港疏散事件相關資訊」文章，內容批評大阪駐日代表處「態度惡劣」、「爛到不行」、「黨國餘孽」等。同日傍晚 5 時 58 分，楊蕙如透過 LINE 群組「高雄組」，指示蔡男等人「推高調（提高文章關注度）」，涉嫌透過網路發文，侮辱駐大阪辦事處及該單位公務員。

台灣政壇或媒體圈將楊蕙如歸類為「謝系人馬」，因為楊曾加入謝長廷參選 2008 年總統的競選團隊，並擔任網路執行長，隔年

2009 年 10 月，還協助謝長廷合著《噗 PLURK：長仔的噗浪日記》。所以此時楊被起訴，自然引發謝是否也牽連其中的種種「遐想」？

但值得注意的是，楊之所以被起訴，主要是因其涉嫌教唆蔡（「idcc」）在同篇（替謝護航）發文：「大阪處態度的確很惡劣，也不用替他們說話了，爛就是爛，爛到該死地步。大阪處這些人就是十幾、幾十年下來跟當初那些國民黨派去、不會說日文的駐日代表一樣，是一群垃圾老油條，講難聽點叫黨國餘孽」等言論，而涉犯侮辱公署罪嫌──而非楊、蔡二人與謝有無「私交」？

2019 年 5 月 30 日謝長廷臉書

去年的大阪關西機場事件，整個台灣社會（當然包括我）需要反省的是：為什麼一篇不具真名（GuRuGuRu）的 PTT 文章，指控一件未查明的救災不力和電話態度，就引發社會排山倒海的攻擊，以及驚天動地的風波，我們的社會出了什麼問題？深入反省將來才能避免更大危機。當初最早隨假消息起舞而攻擊駐日代表處和大阪辦事處的是名嘴和民意代表，只有名嘴黃暐瀚有自我淨化，承認沒有詳查而批評，對社會公開表達歉意，這種反省的精神很難能可貴，其他大部分⋯⋯。

當時受假消息影響攻擊駐日代表處和大阪辦事處的人很多，idcc 只是其中一位，前一陣子，有謠言 idcc 的 IP 在東京，可能是代表處職員，也可能是我的化名，要求我出面說明。

今天又抓到 idcc 改說 IP 是在台北又要我出面說明。我尊重每個人的想像力和言論自由。但既然已經移送法辦，等待檢察官調查就好，我或名嘴民代都不應該迫不及待的針對 idcc 的事情發言帶風向，企圖製造先入為主的偏見。

至於關西機場事件的行政法律責任，監察委員的調查報告已經很詳細，監察委員仉桂美是新黨，江綺雯是國民黨，她們兩人和調查官都把外界質疑的每一樣細節，加以調查。

包括通聯、手機、電報、公文，鉅細不漏，證人則從部長、大使、到工友，也逐一詢問，如果我真有外界質疑的事實早就被提出彈劾，難道兩位委員會因政黨或意識型態而縱放我嗎？沒有糾正我的主要原因是很多攻擊我的事情都是變造、偽造或憑空揣測，什麼電話施壓、記過施壓都是虛構。

說起「侮辱公署」，請回頭看看網民、立委、名嘴在媒體上的發言

但楊、蔡二人如非因與謝長廷的關係被訴，那麼純以邏輯推之，為什麼一樣是在關西機場事件一開始，就以幾乎較「idcc」有過之而無不及的言論，攻擊大阪辦事處的政論節目名嘴（例如，賴岳謙、黃暐瀚、帥化民、黃世聰、朱學恆等人）、或召開記者會抨擊駐日館處對於台灣旅客的求助漠不關心、袖手旁觀的國民

黨立委（例如，江啟臣、曾銘宗及陳宜民），就不會被以同樣罪名起訴？更何況上述人等的「事證」都還清楚完整留存在電視台、網路，可謂斑斑可考──檢警在事發後的第一時間（或任何時間）應該都可輕易取得，為什麼不處理？

　　事實上，楊、蔡二人被指控的《侮辱公署及公務員罪》，刑度為 6 月以下有期徒刑，罪責雖不重，但其可能牽引的「政治效應」卻不容小覷。因為關西機場事件發展至今，台灣輿論的焦點因為此案又被導向：這是一起「政治公關拿錢辦事卻意外出人命」的政治醜聞！特別是在 2020 總統大選前夕爆出此案，包括上述政論名嘴、政治人物，自是不會輕易放過這個「好議題」──甚至還有藍營民代、立委參選人，集體赴外交部抬棺抗議，要「為蘇處長討回公道」……

　　只是我們該問的是，這個起訴對關西機場事件的意義是什麼？退一萬步而言，就算楊被證實真的為了替謝「卸責」而唆使蔡「侮辱公署及公務員」，但能因而證明其與外交官之死有關嗎？事發當時在各大媒體公然「侮辱公署及公務員」的人不勝枚舉，難道他（她）們也受了楊或謝的指使嗎？而在此事件中的「假新聞」、不實訊息何其多，難道公權力不追查其他來源嗎？如果台灣社會繞了一大圈，經過了這麼久的爭論，此事件剩下的只是「政治效應」？那我們不禁要問：到底是誰在愚弄我們？

2018 年 9 月 5 日至今，台灣早已進入戰爭狀態？！

「…真的瘋了。這件事有那麼困難嗎？

你當然可以說如果台灣體質健全，如果台灣沒有藍綠惡鬥，中國假新聞攻擊就不會有效果，所以討論中國是假議題。是啊，俄羅斯攻擊是假議題，美國種族問題，同志議題的存在才是真議題。被害人自己弱，怎麼可以怪別人趁你弱欺負你？

但是難道不知道有重大災害的時候，就是假新聞攻擊時間點嗎？難道不知道民主本質有弱點嗎？這個時候假新聞特別容易被相信，然後這個時候最容易見縫插針。然後我們還要配合對方演出？」（2019-12-2 沈伯洋臉書）

事到如今，仍有許多台灣民眾對「關西機場事件」是否為「資訊戰」抱持保留態度？而官方似乎也尚未將此事件「正式定義」為（敵人發動的）「混合戰」的一環？

但倘若我們一開始就對「資訊戰」有所認知、甚至對發動假訊息攻擊的一方（中國？）有所提防的話，即便在第一時間無法識別「假新聞」，至少，上述流程將不致進行得那麼「迅速、流暢」？而整起事件的發展也不致如此荒謬、「慘烈」？

對台灣社會而言，關西機場事件是個不幸的悲劇：在這場風暴中，人與人之間失去了互信基礎、不同意識形態者彼此溝通變得不可能。無論官／民、朝／野、媒體／閱聽人……沒有人是「贏家」！

在這個「後真相」時代，個人的情感、信念都深深地影響我們的「認知」，人們漸漸變成只選擇相信他們自己「願意相信」的事，而不再重視並思考事件的真實性，這幾乎已是普遍存在的現象？所以每個人都必須對此有所警覺。

特別是，當我們面臨外有「境外敵對勢力」虎視眈眈、內有「在地協力者」裡應外合的險境時，更不能掉以輕心，也不該輕易讓他們得逞！台灣全體人民都應記取這起事件所帶給我們的教訓──在我們的社會傷痕累累之後、在折損了一位優秀的外交官之後……

整起事件的發展回顧圖示

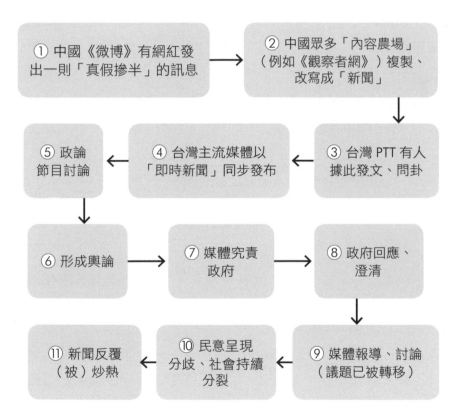

① 中國《微博》有網紅發出一則「真假摻半」的訊息

② 中國眾多「內容農場」（例如《觀察者網》）複製、改寫成「新聞」

③ 台灣 PTT 有人據此發文、問卦

④ 台灣主流媒體以「即時新聞」同步發布

⑤ 政論節目討論

⑥ 形成輿論

⑦ 媒體究責政府

⑧ 政府回應、澄清

⑨ 媒體報導、討論（議題已被轉移）

⑩ 民意呈現分歧、社會持續分裂

⑪ 新聞反覆（被）炒熱

關西機場事件是「資訊戰」的標準教材

專訪謝長廷大使（台北駐日經濟文化代表處代表）

　　有關我駐日代表謝長廷對關西機場事件的回應，其個人的臉書幾已作到「知無不言，言無不盡」的地步（甚至，此舉還引起前監察委員江綺雯、仉桂美「動輒未經外交部授權或同意，逕以個人身分經由臉書或接受媒體訪問對外公開發表有關職務之言論」的批評）。但若暫且拋開「當事人」的角色，我們也想知道，以一位從「黨外時期」活躍至今的政治工作者的高度，該如何透過關西機場事件，來剖析或理解台灣政壇和社會的流變？

　　於是，趁著日前謝長廷返國述職，在其居家隔離屆滿後，於「長工辦公室」，有了如下訪談：

Q1. 許多學者專家都認為「關西機場事件」並非單純偶發事件，而是中國對台發動「資訊戰」或「混合戰」的一環。請問是否同意這種說法？

A：　現在許多人已經將「關西機場事件」當成假消息或資訊戰的一種「標準教材」。以我個人的親身體會，當然也是如此。主要有三個證據：

　　　第一、訊息數量太大，表示有動員的可能。

　　　第二、許多網路發文的 IP 位置都十分不尋常，例如，北歐、烏克蘭等。

第三、有人指揮，例如，他們同時集體進入 Google map 留言，
　　　數量甚至大到 Google 將其暫時關閉。

　　這三點其實已經相當程度證明此事件非單純偶發事件，而是有
目的、有指揮、有動員的資訊戰。

Q2. 但這種說法卻可能難以被受害者及其家屬所接受，而認為
　　 政府在推卸責任。請問建議政府以後該如何面對此類事件，
　　 個人權益才能受到保障？

A： 本事件比較特殊，家屬認為被害人是受到上級（處分、調職）
　　 的壓力所致，所以當第一時間，政府指本事件為一假新聞事件
　　 時，家屬便認為政府在轉移壓力，但事實上這就是一種解釋上
　　 的問題。因為基本上是先有假新聞，所以才會有後來立委的質
　　 詢，才會有上級要檢討查辦。這其實也不矛盾，端視從何處切
　　 入。因為人已過世，我們也無從證明，當然家屬認為最直接的
　　 因素是上級要求檢討的壓力，但這些來源也是因為假新聞所
　　 致。所以我認為這其間並無矛盾，只是家屬切的時點與我們不
　　 同而已。

　　 另外，部分媒體、名嘴或政治人物的斷章取義、扭曲報導，無
　　 形中也加重了公務人員的壓力。例如，事件剛開始，我在記者
　　 會說：「如果大阪辦事處有錯，大阪辦事處就應該道歉。」結
　　 果後來這句話被某政治人物（羅智強）硬是把「如果」兩字給

切掉，變成我一口咬定大阪辦事處有錯，我認為類似這種言論，除了助長不實訊息的流竄，也造成公務人員的不安、焦慮。事實上，在假新聞一出來時，第一時間是名嘴隨之起舞、接著立法委員起舞。因為立委起舞，外交部才會有壓力。立法委員的質詢對公務人員的壓力比較大。所以當有人說是某些網路的發文，才造成蘇處長的壓力，我持保留態度，因為他不見得看過那些網路的批評、謾罵。

至於政府以後該如何面對此類事件？我覺得政府現在對輿論非常注意，但是要分清楚這是真的輿論還是假新聞？若輕易隨著假新聞起舞，動輒去檢討、處分下屬，則未免失之輕率。這樣反而容易被利用。監察院在調查本案時，也針對這點提出糾正。

Q3. 根據你的觀察，在「關西機場事件」之後，國人有沒得到什麼教訓或覺悟？台灣的外交體系，對中國的「大外宣」、「戰狼式外交」有何因應對策？

A：我認為社會應該要更成熟。回顧 2018 整起事件，我覺得十分荒謬，整個社會怎麼會為一個不知是否真實發生過的事情，而鬧得人仰馬翻？例如，那個投書者 GuRuGuRu，到底有沒有這回事？真名叫什麼？媒體、輿論也都不查證就開始隨之起舞？可見這個社會是有問題的。

在「關西機場事件」之後，國人有成立「事實真相查核小組」、
「假新聞的認證」等。可見台灣社會對此事件是有普遍地檢討
的。同時，許多民眾對網路上的假訊息也比較有警覺，所以才
會有類似上述這些對虛假訊息的反制措施。

外交體系對假新聞的因應對策，基本上就是要儘可能透過各種
管道迅速澄清。其實，如果是公開的「大外宣」並不足懼，因
為對外交單位而言，一般的「大外宣」，我們基本上都有辦法
反駁。反而是網路迅雷不及掩耳的攻擊比較棘手，因為許多網
路留言，很難在第一時間查證其真假或其目的。而且若發言純
屬情緒抒發，則更難有一客觀認定的標準，因為每個人對同一
事實的感受可能都不盡相同。

Q4. 在台灣投身民主運動多年，見證台灣從黨國威權體制，一路
走向民主、自由、開放的國家。而當伴隨著民主體制而來的，
卻是社會某種程度的混亂失序？
你覺得人民會不會因此對民主體制失去信心？依你之見，一
個民主國家要如何因應，他國（特別是極權國家）利用民主
的「脆弱」，對你發動「資訊戰」的攻擊？

A： 當然，我們對民主是有信仰的。但民主的「脆弱」就在於：
第一、要包容與自己不同的聲音。
第二、大家都有發言權。
第三、注重隱私，可以匿名。

何謂民主？就是本來一個人決定的事，變成多數人決定。事實上，我認為民主要優於專制，多少還是要有些前提。例如，多數人水準要夠高。若多數人的水準都比那「一個人」低，那這個民主是很脆弱的。

坦白說，我認為中國網路上的攻擊還不是最難應付，最糟糕的是國內還有「在地協力者」與之呼應、配合。民主不必然會伴隨失序，民主要加上法治，即民主也要保護自己民主的制度。當然，法治也可能被惡用，但民主本身要有防衛民主的機制，這叫「戰鬥性民主」，而不是「無力的民主」。假新聞之惡就在於，利用民主的自由而傷害人民瞭解真相的自由。因為民主的原理即表現的自由，例如，投票選擇的自由。但這自由是建立在真相，即知的自由之上，如果社會輿論充斥許多假訊息時，人民便無從得知事實真相而失去選擇判斷的依據，那麼其表現的自由也是假的。所以民主要有機制來確保人民瞭解真相的自由。

因此我認為政府在處理假新聞散播方面是責無旁貸的。就像過去在我行政院長任內，東森 S 台發生「腳尾飯事件」，當時我就斷然對該台採取不予換照的處分。因為它破壞了民主。即便當時有許多人高舉「言論自由」大旗對我們多有批評，但他們其實並不真正瞭解言論自由要建立在什麼之上？甚至也不明白

為什麼要有言論自由？因為散播假訊息，即是破壞了人民選擇的自由，破壞了自由的制度。

然而，從結果論，或許許多人會認為，關西機場事件中許多刻意散播謠言的人，最後並沒有得到任何法律的制裁，而不免對法治感到質疑，我認為這需要長期的堅持方能竟其功。例如過去我在高雄市長任內的「錄音帶事件」，後來之所以能夠把他們（造假者、散布者）通通抓去關，就是要有一些人非常堅持，一直去告。我相信關西機場事件也是：正義會到，只是有時候會遲到。

Q5. 做為一個政治人物，歷經了過去黨外時代新聞媒體被黨國嚴密控管，到現在網路時代假新聞到處流竄、媒體近乎失控的傳播環境，你覺得哪一種傳播環境對民主政治傷害較大？

A：過去台灣以黨國控制媒體、以戒嚴體制壓迫新聞自由，這些雖然可怕，但至少大家都知道這是不對的。現在比較可怕的是，資本、財閥控制了媒體，新聞似是而非、假新聞亂竄，閱聽人的認知被混淆、社會被撕裂。我認為後者危害更大。或許人民認為這就是自由？我認為台灣是由過去槍桿子控制的社會，轉變為金錢控制的社會。金錢控制的社會雖不會直接囚禁或奪取人民生命，但坦白講，因為民眾難以察覺，對其失去戒心，所以對自由的傷害更大。

Q6. 過去政治人物對外發言常會倚重「文膽」，如今社群媒體的時代，則流行「小編」。但無論文膽或小編，在某種程度上，都形塑了台灣某一時期的政治文化、品質或品味。請問你個人對此二者的看法？

A：這大概是時代演變的必然現象吧？為了因應「十倍速時代」，政治人物與社會溝通講究簡短、快速。現代的政治人物為配合網路世代閱讀習慣，文字益發精簡，所以過去文膽長篇大論式的發文，便顯得不合時宜。但其實也還是有人仍然偏愛閱讀長文，這時候政治人物可能就得要作些市場區隔。總之，我還是認為這是因應時代變遷的必然現象，每個人都想要擴大群眾基礎，所以無論文膽或小編，沒有哪一種較好或較壞的問題。這其實都是每個政治人物個人風格的選擇，但重點是其發文有無違背其核心價值，或終極關懷。

Q7. 政治人物或其幕僚、友人在網路上（特別是 PTT）的發言，常被認為是在帶風向，關西機場事件中，許多人都指控楊蕙如在替你帶風向，甚至她後來也因此而被起訴，請問你對這件事情有什麼看法？

A：這是可受公評之事。我從不否認楊蕙如是我的朋友，也許朋友真的是要為我講話，這也是很自然的事，是人之常情。朋友不替我講話、或甚至講我壞話，那算什麼朋友？所以要是說楊蕙如在網路上替我講話，我也認為很正常，我無須去否認她是我

朋友這件事。至於她的發言，邏輯上，每個人都有影響社會的企圖，每個人的公開講話，都是想帶風向。所以只要不違反法律，我並不認為帶風向有什麼不對，重點在於發言的內容是否違法。

Q8. 身為一個「美麗島律師世代」的政治工作者，在台灣政壇幾十年，你如何看待所謂「江湖恩怨」這件事？特別是對一個資深的從政人員來說，外界對自己的評論，會不會常令你感到無法「就事論事」（而是「見面先問有仇無」）？政治人物如何克服這種「心魔」？

A：「就事論事」本來就很難，所以才會有專業的評論家存在。但政治人物有沒有辦法就事論事？我認為是程度問題。

例如，我剛從事政治時，我的前輩是，即使同為黨外，若你為他的對手助選，他便與你老死不相往來。到了我們這一代情況可能好一些，但也難免。這就是「立場」問題，因此有些政治人物，還未開口，你大概就猜得出來他會說什麼話了──人的思想大概很難超越他們的立場吧？

身為政治人物，我們理當要自我期許能夠客觀，但當你自認自己很客觀時，其實就可能不太客觀了。但一百個人的主觀也有客觀的成份。例如，這一百個人都在講他的主觀，但都同樣反對你，這就稱作「漸主觀」。同理，任何統計、民調表達意見都是主觀，但是普遍、多數的意見都是傾向這樣，這也是一種收斂。

「江湖恩怨」會不會是政治人物思考事情的一個環節，甚或前提？通常我自己不會有意識去這樣思考，但我自己也承認，有時也難免會受到這種想法的干擾，這大概就是人性吧？

關西機場事件事發之初，即便我們很快地在記者會作了澄清，但事情後來還是發展成令人遺憾的結果，這其中很大的原因之一就是立場作祟：先認定你有罪，再用共產黨文革式的語言來質疑你，所以你的任何澄清解釋，都變成你不知悔改、企圖脫罪的狡辯。

但既然如此，我們為何還要不厭其煩地對外說明？因為我們主要並不是講給這些有既定立場的人聽的，社會上總還有其他大多數「中毒不深」的人。我們與人辯論通常不是要去說服對方（因為我們很難去說服一個對你有偏見的人），而是要說給旁人聽，因為第三者才叫正義。

政治人物要去意識到「人皆有其立場」這種人性的弱點，並時時反省：自己終究是「以有限的經驗，去對未知作概括的論斷」。瞭解到這點，方能保持謙虛，克服人性的弱點。

第 4 章

「戰狼主旋律」變形入台，解析關西機場事件的中國虛假資訊鏈

江旻諺　吳介民

從中國起源的假訊息，以「戰狼邏輯」做為敘事主軸，強調中國政府解救國民之無遠弗屆的能力，吹捧「中國國民優先救出」。這個敘事透過層層媒介向外擴散，透過跨境傳播，產製出台灣在地的「變形敘事」（modified narrative），最後變成政治風暴。

2018 年 9 月關西機場事件，在台灣造成資訊災難，最後導致一名外交官自殺身亡。外交官自殺消息傳開後，機場方回覆「台灣事實查核中心」，才確認所謂「中國國民優先救出」根本子虛烏有，是一則虛假資訊（disinformation）。

以「戰狼邏輯」的敘事主軸

燕子颱風襲擊日本關西機場，導致多國旅客受困。中國網路媒體宣傳中國大使館派車進入機場救出中國旅客。這個虛假資訊先從微博開始發酵，經過內容農場再產製，官媒隨之定調，中國撤離國民的行動因此被塑造為英雄般的救援。

這則假訊息經台灣媒體轉載，進入了台灣輿論場域。短短幾天內，事件演變為嚴重的政治風暴。台灣輿論開始譴責駐外機構辦事不力，在國外救援國民竟然遠遠不如中國，甚至追究起駐大阪處長蘇啟誠的政治責任。蘇處長在排山倒海的壓力下自殺，但最後卻證實他是因為一則假消息而犧牲。究竟是誰殺死了外交官？

我們從虛假資訊的傳播機制入手，採用「鏈分析」（chain analysis）的框架，論證中國虛假資訊的政治效應並非單單由一則偏頗的新聞引起。從中國起源的假訊息，以「戰狼邏輯」做為敘事主軸，強調中國政府解救國民之無遠弗屆的能力，吹捧「中國國民優先救出」。這個敘事透過層層媒介向外擴散，透過跨境傳播，產製出台灣在地的「變形敘事」（modified narrative），最後變成政治風暴。

這個過程，社群媒體和主流媒體——包括電視談話節目、報紙、網路媒體等都扮演了關鍵角色。本文鏈分析的方法，在於清楚指出由中國連結到台灣輿論場域的「虛假資訊鏈」流程，幫助我們釐清中國的戰狼邏輯如何讓事件迅速政治化，並透過台灣媒體的在地協力，釀成外交官自殺的悲劇。

從上游到下游的假新聞製作流程

假訊息生產鏈上游由中國網民、內容農場和官媒勾結共謀，產製出中國國民優先救出的敘事。中游是假訊息傳播到台灣輿論場域，並掀起在野政黨的見縫插針，造成政黨大亂鬥。下游則是隨著外交官死亡，延續政治究責的效應。

9 月 5 日，颱風襲擊關西機場次日，中國微博網民〔洪水猛獸 baby〕最先發布貼文：中國派專車進入機場，在第一時間接送中國

遊客離開。貼文所附的影片還拍攝車窗外正排隊等待的他國旅客，對比出中國人的自豪感。

關西機場事件虛假資訊鏈流程

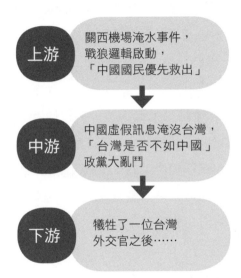

上游　關西機場淹水事件，戰狼邏輯啟動，「中國國民優先救出」

中游　中國虛假訊息淹沒台灣，「台灣是否不如中國」政黨大亂鬥

下游　犧牲了一位台灣外交官之後……

整理：江旻諺、吳介民

　　這則帖子馬上被中國《觀察者網》製作成網路新聞，內容中還強調專車是中國領事館與日方協調的成果。報導最後提及，若台灣旅客願意「自稱為中國人」，即可搭乘專車。

　　事實上，中國領事館並沒有派車進入機場接人。中國國民跟其他國家旅客一樣，也沒有享用專車待遇，更不可能優先被救出。但《觀察者網》這篇文章隨後由《人民日報》、《新華網》以及《環球網》分別全文轉載。於是，「中國國民優先救出」的戰狼邏輯，正式成為中國官媒的定調。

進入生產鏈中游有兩起關鍵事件，促成中國虛假資訊轉入台灣。第一，台灣網路媒體引述中國內容農場的文章，以及 PTT 網路論壇上熱烈討論。第二，在野黨趁勢追擊執政黨失能，政治談話性節目也開始抨擊台灣駐外機構表現不如中國政府。

　　9 月 6 日上午，中國網民在 PTT 網路論壇上，以微博網民貼文截圖嘗試掀起討論，並聚焦在台灣人搭乘中國專車的爭議。數小時後，台灣《蘋果新聞網》首先引述《觀察者網》的內容，新聞標題先以「中使館派車接關西機場陸客，要台灣人自稱中國人可上車」

四種傳播媒介中相似的變形敘事結構

傳播媒介的類型差異		相似變形敘事結構
PTT	網路論壇	**1. 對比台灣和中國** ・ 究責台灣駐外機構 ・ 對中國產生好感
ETtoday 新聞雲	網路即時 新聞	
梨視頻	中國內容 農場	**2. 機場救援過程** ・ 符合戰狼式主旋律 ・ 皆由其他旅客轉達專車訊息 ・ 沒有因台灣人身分受到刁難
中央社	主流媒體	

整理：江旻諺、吳介民

為題，這個標題讓讀者對中國資訊來源降低戒心，誤以為這是台灣主流媒體已經查證過的消息。直到十幾天後，事件幾乎要落幕時，蘋果才加註「陸媒稱」三字。

從強國敘事變成台灣政爭

當天，台灣輿論便開始熱議「中國領事館有沒有派車進入機場」、「台灣旅客是否應自認中國人才能搭乘專車」等根本子虛烏有的話題。緊接著，有台灣遊客在 PTT 網路論壇上宣稱自己隨著中國專車離開機場，然而當他求助於大阪辦事處，卻遭到台灣外交人員冷言冷語。

媒體紛紛引述台灣遊客對大阪辦事處的不滿。國民黨立委馬文君隨即在網路發文譴責，當晚《中天新聞台》與《東森新聞台》的政論節目再強調「中國國民優先救出」，並開始指責駐日代表謝長廷。

謝長廷於當天晚間澄清此乃虛假資訊。國民黨黨團仍在隔天召開記者會，批評謝長廷「毫無作為」。有些媒體如《上報》納入謝長廷的澄清內容。但《中時電子網》等媒體持續報導中國領事館派出專車，強調中國政府對人道關懷精神的重視超越了政治利益，並稱謝長廷利益算盡，只會質疑對手背後的政治圖謀。偏頗的報導使得中國虛假資訊的效應在台灣輿論圈中擴大發酵。

新聞核實無法遏止「戰狼式主旋律」

9月11日，日本《產經新聞》查證：中國並無派車到機場，證實中國派車入機場是假消息。但在台灣，風暴仍持續，導致蘇啟誠在9月14日自殺。

蘇啟誠自殺後三個月，南投地方法院於12月裁定不罰那位在PTT網路論壇上抨擊大阪辦事處的台灣遊客，引起輿論譁然。幾天後，《蘋果新聞網》獨家報導暗示，蘇啟誠的悲劇與外交部的懲處施壓有關。關西機場事件發展到後端，已經脫離了中國產製虛假資訊最初的敘事邏輯，演變為台灣在地的政治惡鬥。

從中國進口到台灣，這些媒體輿論一律依循著「戰狼式主旋律」。主旋律的概念源自中國娛樂業，由審查制度產製出吹捧國家形象的影視內容，符合國家利益的意識形態，即成為貫穿多項影視作品的主旋律。

中國電影《戰狼》是具代表性的案例。《戰狼》主角在外國解救受困的中國國民，總是英雄般在最危急時刻現身。電影所傳達的政治意識形態，突顯中國政府在外國處理危機事件時，總能先於其他國家優先救援中國國民，並且在救援過程中，營造出國民對國家的自豪感與優越感。

我們研究發現，在虛假資訊鏈的上游及中游，台灣的事實查核工作對遏止「戰狼式主旋律」根本起不了作用。當證據明確指出中

國並沒有專車進入機場，媒體輿論相關敘事卻對事實細節採取模糊說法，例如：「有沒有進入機場不重要，但是中國領事館還是積極向機場協調專車。」即便只是「積極協調」的說法，「戰狼式主旋律」還是在輿論場域裡留下「中國勝過台灣」的普遍印象。換句話說，「戰狼式主旋律」的「宣傳」壓過了事實，竟成為人們所認定的「真相」。

　　最值得注意的是，事件過程中國官方說法的改變，充滿欺瞞與機會主義。事件剛發生時，中國外交部和《新華社》透過官方微博聲稱：車輛因橋梁受損，無法進入機場。這些報導內容皆沒有誇張、添油加醋的敘述；但是《觀察者網》報導指中國領事館的車輛已經開啟救援行動，中國官媒卻立刻改變宣傳口徑，全文轉載了《觀察者網》的「戰狼式主旋律」。

　　這些關於國家戰功的宏大敘事，不只呈現天災救援的大場景，還透過個別國民的現身說法，藉以增強說服力。《觀察者網》與官媒的報導裡，即出現了三位王姓旅客都從機場被救出，並聲稱對中國政府的高效能感到自豪。

三個「王姓旅客」編故事

　　《觀察者網》的王先生聲稱因為中國專車，自己比其他國家的旅客提早三到五天離開機場。《人民日報》與《共青團中央》的微博則轉發了另一則內容農場《北京時間》的影片，其中有位王姓遊

客說自己從這次獲救經歷裡，感受到「祖國的強大」。《環球時報》也發布了風格相近的新聞，並採訪了一位王姓中國旅客，他表示，經過陸橋離開機場的巴士，上面只載著中國人。

然後，《人民日報》針對中國駐大阪總領事李天然進行專訪。他指出，中國駐外機構在天災發生後，即安排 17 輛專車在機場周圍等候，伺機將受困旅客從機場救出。專訪內容同時挑起身分政治議題，李天然強調中國領事館不會遺漏港、澳、台任何一位需要協助的「中國公民」。

這些報導都誇大了事實，也偏離中國政府最初的定調。它們透過從微博網民、內容農場到中國官媒等一連串虛假資訊的產製，在輿論上共謀協作，成功塑造出戰狼式的國家形象。

從中國內部宣傳到台灣在地化

其實中國內容農場作為戰狼式主旋律的內容工廠早有前例可循。《觀察者網》與《每日頭條》等網站，曾多次製造、演練中國政府戰狼式救援海外國民的劇碼。2016 年 11 月紐西蘭南島地震，《每日頭條》報導中國駐外使館優先於所有外國政府，派出民間直升機搭救受困災區的中國遊客，其中還包含了台灣人。同月，以色列海法地區發生大型山火，《觀察者網》報導中國駐外使館緊急派出專車，將中國留學生撤離至安全地帶，這些學生因而萌生身為中國國民的優越感。

「戰狼式主旋律」的宣傳對象是中國國民，為什麼會傳播到台灣，並引發政治風暴？這條虛假資訊鏈，從中國上游進入台灣中游過程的關鍵事件是：有自稱「受困的台灣旅客」開始提供現身說法，才使得中國虛假資訊鏈得以嵌入台灣的在地邏輯。藉著兩黨政治人物相互指罵批評的動態過程，中國虛假資訊便激化了台灣的內部對立，從中演化出具政治影響力的「變形敘事」。

第一個案例，即是 PTT 網路論壇上的現身說法，台灣旅客批評台灣駐外機構冷漠的回應，與中國領事館積極救援的熱心形成極大的對比。接著，《ETtoday 新聞雲》指出有一位女網友稱大阪辦事處沒有協助台灣旅客，反而是中國專車不計較政治身分上的限制，讓她上車。

還有一則來自中國內容農場《梨視頻》的影片，其中有位自稱台灣女性遊客現身說法，她遇到中國人邀請她排隊上車，並替她搬行李，好讓她看顧小孩，期間也沒有特別查驗護照身分。她目睹中國政府給予人民很多實質幫助，自己也十分感謝。這段影片隨後經台灣媒體轉載，進入台灣的輿論場域。

更令人好奇，做為國家通訊社的《中央社》，也發布了一篇對許姓女網友的專訪。比起先前諸多報導中不清晰的受訪者來源，這篇專訪清楚交代了該名台灣遊客的旅遊行程、旅伴組成、以及接受中國領事館完整協助的過程（見本書 P.53）。

資訊戰透過台灣媒體協力進行

許女士聲稱,她和家人搭乘中國專車離開機場,並且在過程中感受到許多善意。起初她因為台灣人身分而被拒絕,後來中國領事館工作人員不忍心而通融放行。報導還特別強調這位自稱「深綠支持者」因此對中國改觀,並且十分感謝其救援工作。許女士自稱沒有收到來自台灣駐外機構的協助,她丈夫甚至憤而批評謝長廷罔顧國人在海外遭遇天災的困難,只顧著在個人臉書頁面上操作政治鬥爭。

變形敘事其實是充滿破綻的「戰狼式主旋律」,卻讓台灣閱聽者信以為真。上述幾個報導案例,使用了「現場照片」、「採訪錄音」等「仿真道具」,讓人毫不懷疑就相信受訪者身在現場。不論上述這些敘事是否造假,「中國國民優先救出」的錯誤訊息仍然透過現身說法傳播開來。

上述四件案例皆呈現相似的情節鋪排:受困機場的台灣旅客搭上了中國專車成功離開機場,中方也沒有刁難台灣人的政治身分;變形敘事還進一步開啟政治攻防戰場,這些台灣旅客們紛紛對比大阪辦事處的失職,或者反省自身過往對於中國的負面觀感,並認同中國政府提供人民實質協助,轉而對中國的印象轉變。這種通過台灣在地協力媒體進行的資訊戰,十足展現了中國模式的特色,與俄羅斯資訊戰模式有很大的差異。

「台客現身說法」讓台灣人信了

我們進一步將變形敘事在台灣的傳播歸類出四種模式，差異化的傳播途徑，讓變形敘事產製出多元的新聞效果：

一、新聞媒體以「網友說法」，將ＰＴＴ網路論壇上的討論陸續引述到媒體場域中；

二、《ETtoday 新聞雲》產生出網路新聞的即時傳播效果；

三、來自中國的《梨視頻》隨後也被轉載為台灣的網路即時新聞，並有錄音影片為證；

四、《中央社》詳盡地報導台灣遊客由受困到求援的過程，比起眾說紛紜的網路傳言，透過國家通訊社的背書，更增強中國虛假資訊在台灣媒體場域中的可信程度，而被主流媒體廣為轉載流傳。

本文的鏈分析流程，解釋為何中國虛假資訊能在台灣造成重大的政治效應。戰狼式主旋律起源於微博網民、內容農場與官媒共謀協作，並宣稱中國領事館優先救出中國國民。

但為何台灣人竟然信以為真？當中的關鍵是「台灣旅客現身說法」的變形敘事。這些變形敘事譴責民進黨政府的「恐中」心態，藉以襯托出中國政府無私的人道關懷精神，進而呼應到戰狼式主旋律所強調的中國正面國際形象。變形敘事逐步發酵的過程中，不只強化了中國官方的主旋律，還滲透到台灣政黨競爭場域，牽動起閱

聽大眾的政治情緒。

　　變形敘事利用多元媒體管道,達到漫天渲染虛假資訊的效果,因此降低閱聽大眾的警戒心,也阻斷求證態度。虛假資訊鏈呈現台灣社會自身的弱點,也暴露了許多台灣人對中國與兩岸新聞識讀能力的低落。

本文原刊登於《新新聞》第 1517 期,2020 年 1 月 24 日。原文節錄自〈從「關西機場事件」分析中國「虛假資訊鏈」的傳播機制〉,發表於「解構銳實力:中國因素 2.0 學術研討會」,由國立中山大學東南亞研究中心主辦,中央研究院社會學所中國效應小組與國立清華大學當代中國研究中心合辦,2019 年 12 月 12-13 日。

第 **5** 章

「關西機場假訊息事件
總檢討」座談會

▲ 吳東岳 攝／《今周刊》提供

蕭新煌　　胡元輝　　梁永煌

沈伯洋　　蔡玉真　　林麗雲

（依發言順序排序）

從關西機場事件省思台灣媒體的自律與他律

我們今天討論關西機場事件雖是舊事重提，但也希望能夠引發新的課題，以及台灣社會對假訊息議題的關注和未來該如何因應。當然，我們在 2018 年 9 月到 2020 年 1 月的總統大選之間，其實發生很多事情，而且顯然此事件的效應仍在持續發生或演變，只是 2020 年大選的情況似乎有暫緩的趨勢，否則後果將不堪設想。

今天關於本事件的檢討，最主要的意義是讓國人瞭解到，這個事件就是假消息造成一個人殞命，而且是一個優秀外交官的人命被犧牲。我們為了不讓他白白犧牲，就必須對此多加省思，作為未來因應和避免之道。

對台灣社會而言，我認為本事件所透露出來的，至少有以下幾個問題。

國人應該逢中必「疑」

如果一開始大家，尤其是國內媒體，就對中國的社群平台、內容農場、甚至所有傳媒有所警覺，可能就不會輕易引發一連串如骨牌效應的風暴。台灣部份政治人士常有此一說，要國人不要「逢中必反」，也常以此來批評、嘲諷對中國隨時保持警戒的人，謂其有失客觀。但我覺得這種態度其實很有問題。從本事件中就可以得到

教訓，以後我們至少應該要逢中必「疑」。對我們敵人的言行為什麼要「客觀」和「中立」？這點值得國內的政客、媒體深思。

從這個事件的起因來看，這究竟只是一個中國「愛國者」一時興起的造假行為？還是背後其實有更大的組織有計劃性的陰謀在操弄？究竟只是台灣媒體違背專業倫理、疏於查證而已？抑或這根本是一起精心策劃的假資訊操作？我總認為應該料敵從寬——我常聽到台灣政治人物會說「中國本來就是這樣」云云？話可以這樣講，但後面接續的應該是「所以我們應該如何因應」，而非後面都沒有更積極的下文，甚至以姑息態度說「所以我們不要去惹他」，這樣對自己非常不負責任。

主流媒體網民化需要他律

主流媒體沒有防衛能力、沒有查證訓練。和過往相比，科技進步、網路發達，反而造成現在許多新聞工作者益發怠惰的傾向，太依賴「網友說」而疏於實地親身採訪——觀察台灣媒體發展二、三十年，這是我認為相當不可思議、且令人憂心的事情。

我曾經擔任過與台灣新聞自律相關基金會的理事長，就發現效果不彰，後來整個組織也消失了。過去的新聞自律通常是指媒體老闆的自律；而現在則是也需要記者的自律。但若今天記者和老闆一樣偷懶，那所謂的自律又有何用？以我的經驗，現階段要求台灣媒體「自律」可能失之過於浪漫？應該要靠嚴格而嚴謹的「他律」，

一方面是對業者的政治立場及其他商業考量進行檢視。另一方面則是對記者的專業精神也要實行他律——除了公權力（行政、立法、司法），「他律」也包含個人或公民社會組織的抵制、監督。

政論節目與「名嘴」素質參差不齊

在本事件中，台灣政論節目與「名嘴」其實扮演相當吃重的角色。今天，政論節目其實是影響台灣民意的重要管道，尤其晚上 8 點以後到 12 點之間，全台都被這三十幾人「空襲」。大家聽各自愛聽的、看各自所屬立場的新聞台，若藍的聽到綠的就氣、綠的聽到藍的也氣——這對社會情緒和意見的分裂，實難辭其咎。且目前「名嘴」的素質實在參差不齊且浮濫，言之不見得有物，而且我聽說很多「名嘴」，上知天文下知地理、從恐龍到外太空都可以講，但劇本卻完全是製作單位所提供，名嘴只負責表演即可。而且，最可議的是，他們的言論似乎完全不用負擔任何（法律或社會）責任。

我們還必須思考的是，「名嘴」的定位是什麼？算不算是新聞工作者？如果答案是肯定的，那麼需不需要有一定的專業準則來規範他們？因為我們學界在過去會上電視台是要為自己的學術地位和專業負責的，我們的專業會被大眾公開檢驗。但「名嘴」好像都不需要被檢驗？如果學術界有學術規範，那「名嘴」固定上節目作為一種職業，是否也應該要負專業的倫理訓練呢？這是全體國人應該去思考的事：任何一種職業，如果只享有權利（言論自由），而從

不考慮應盡的義務（社會責任），終究難以符合社會正義。

政府的角色與職責應更積極

面對國內假訊息肆虐等傳播媒體亂象，許多人不免要問，政府到底做了什麼？公權力在類似本事件中的著力點何在？民主國家當然要注重言論自由的保障，所以執政者必須非常清楚自身的角色與定位，亦即應注意國家安全與言論控管的界線或底限：何時、何處應介入，或不宜介入？

以 NCC 在本事件所能扮演的角色為例，基於政府或法界對言論「去管制」的思維，除了要求媒體自律，NCC 目前真正能對其規範、裁罰之處著實不多。但我認為未來可以努力的方向，除了在立法上使我們的法制更完備外，更應在輔導媒體自律上，扮演更積極的角色。例如，政府是否應該主動支助和扶植民間事實查核組織。

以《數位通訊傳播法 (草案)》第 22 條為例：「數位通訊傳播服務提供者為暫時加註警語處分後，應諮詢民間事實查核組織之意見，以為後續之處理。」不知這其中「應諮詢民間事實查核組織意見」是什麼意思？是利用人家嗎？要不要對民間事實查核組織付費呢？是不是該委任他們做專案調查報告？我覺得政府有時就是愛撿便宜，只「免費」諮詢而不付費。對查核組織而言，他們要不要收政府的錢，他們會自己判斷。或許怕收了費會被批評不獨立、立場

不夠超然。台灣現有的民間事實查核組織，其經費來源大多來自募捐，甚至向國外申請？這種現象非常不穩定，終非常久之計。所以政府應該有責任成立一個基金會，或扶植、強化現有民間事實查核組織，替公共利益把關。如此也算是很明顯的他律，而且這個「他」律是指國家機器，那國家機器又代表「公益」。我覺得政府不要怕做事，因為政府如果做對就是一種公益。因為台灣民主化得來不易，我們要在不違背新聞自由、言論自由下持續健全化和加強公益和公共資訊的正常化。

閱聽者也應認知自己的社會責任

最後，雖然我們講了資訊監督者的政府要做什麼、資訊提供者的媒體要做什麼，也談到為了公益要強化、幫助公民團體能獨立、自主、壯大。此外，閱聽者也應認知自身的社會責任。我覺得每位國人第一個要做的就是：不要隨意轉傳來源不明的訊息。現代人常在群組不管真假通通都轉傳，卻很有可能在不知不覺的狀況下，成為敵人資訊操控下的「在地協力者」。其次，國人的媒體識讀教育也應該要持續推廣，而且要根據 TA（目標客群）來做。而根據我的觀察，因為社會高齡化、以及數位落差的緣故，我認為現在台灣的年長者比年輕人，恐怕更迫切需要媒體識讀教育。

■

本文轉載自《今周刊》。

從事實查核看假訊息的民主挑戰

胡元輝／台灣事實查核教育基金會董事長，中正大學傳播學系教授

　　台灣事實查核中心是 2018 年 7 月 31 日正式上線。一個多月後剛好就發生關西機場事件，雖然距離現在已有一段時間，但是本事件所延伸出的課題其實並未結束，以下試從事實查核運動者的角度，提供一點參考意見。

為什麼不分立場的媒體都淪陷

　　《觀察者網》是本事件中台灣媒體引述的第一個來源，該網站的許多報導都顯示，它並非一個單純的民間網站。而我第一個好奇的問題是：2018 年 9 月 5 日這個假訊息由該網站報導後，為什麼從 9 月 6 日一早開始，台灣不分立場的媒體竟都不疑有他地加以引用？雖然許多媒體現在都已經將當時的報導作了修正，但我們還是可以從網路上看到許多當時的錯誤報導。

　　第二個問題是，台灣事實查核中心是 2018 年 9 月 15 日對此事件發布查核報告，但其實《聯合報》早在 9 月 6 日 14:24 就已經發佈向關西機場簡單查證的新聞了。也就是說當 9 月 6 日上午大家開始關注這個事件，並引發熱議時，下午《聯合報》就已經向機場查證過了。可見國內媒體並非毫無查證能力。但為何這則訊息竟未獲

得國內的媒體（包括《聯合報》）重視？當然，台灣事實查核中心的處理比聯合報這則查證報導要完整許多，該報導只是簡單提及關西機場否認這個事情，而查核中心的報告裡面中、日文同時呈現了完整的關西機場說明。

查核中心報告
2018/9/15

　　其實我們也可以觀察到在那段時間，除了觀察者網，還有許多中國網站，都意圖編造這個事件的經緯。據日本 NHK 電視台報導，僅 9 月 5 日社群平台的貼文中含「中國大使館安排了巴士」等內容者，即已高達 500 多篇。微博上相關發文內容提及「撤離關西機場」、「中國人先上車」、「強大的中國力量」等的貼文為數甚多，且主旨大同小異。我舉一篇在中國「知乎」網站的文章為例（該文現已被下架），這篇題為「我在日本的驚魂 30 小時」的文章，詳細編造中國大使館援救中國與台灣旅客的工作時間表，指 9 月 5 日當天，「因為中國的救援大巴，從昨晚凌晨就等在那裡了，比日本自己的救援大巴來得早得多」，意圖扭轉已日趨清楚真相的台灣民眾。在這篇文章裡面，作者編列的細節過程比觀察者網那篇還要詳細——但難道都沒有人懷疑：誰有可能會知道那麼詳細的過程？

　　其實不只虛構性質的文章，包括騰訊、YouTube 等許多中國與跨國的影音平台，當時都出現不少影像假訊息。假訊息在同一時間撲天蓋地席捲而來，此事恐不單純只是巧合。但為什麼台灣的媒體在這件事情上會如此缺乏自覺、警惕？

改善媒體生態，才能防範未然

我們今天要檢討關西機場事件，就必須從更深的層面來討論，包括台灣整個媒體生態的問題。只想藉由強化事實查核來解決假新聞問題，恐治標不治本。台灣媒體生態沈痾已久，其蓄積的「負能量」總會找到一個缺口，發生一個極大的影響。也許正因為關西機場事件剛好發生在台灣這個畸形的媒體生態之中，後來才會發展成如此嚴重的風暴。所以我們看待這起事件時，必須省思媒體生態的問題，才能夠防範未然。

我認為當前台灣媒體生態的問題主要有三點：一、即時新聞學：追求快速、疏忽查證。二、名嘴新聞學：政論節目的廉價製作。三、市場新聞學：過度利潤導向的商業邏輯。我們唯有透過長期、短期兼施的媒體改造，才可望改善此問題的本質，也才能預防未來不再這麼輕易發生類似事件。

回到本事件，台灣事實查核中心的查核在 9 月 15 日才發布，會這麼晚才發布有兩個原因：第一，我們以為台灣媒體已經在做、有機會自我改善，但是後來發現並沒有。第二，從事發到 9 月 15 日中間有幾天的時間，是用在台灣與日本事實查核組織的溝通、往返跟譯文。因為我們每一件事情都務求完整與正確，且經雙方核實。

從某個意義來講，台灣事實查核中心並不是第一個取得關西

機場說法的單位，但是查核報告發布之後，不僅受到傳統媒體的關注，而且在網路引發熱烈討論：為什麼一則假訊息最後竟會衍生這麼大的風暴？造成這麼鮮明的傷害？從某種意義而言，這是查核報告最主要的價值：國人開始意識到假新聞的嚴重性，並反思假新聞生態系統的構成及事實查核的重要性。

事實查核：發現真實、「透明化」、不匿名……

事實查核 (fact-checking) 雖然曾以不同形式存在於新聞業的實際操作之中，但現在所稱的事實查核，亦即針對網路訊息、媒體報導或政治人物言論中的事實性陳述進行外部或事後的查核，則是近一、二十年興起的機制。事實查核的目的雖然也在於發現真實，但與媒體的調查報導功能有別。事實查核不需要追求如同即時新聞般的時效，但假訊息跑得很快，事實查核若不能盡快澄清，假訊息的影響勢必擴大。相對的，調查報導往往經年累月才能發現真相，並非事實查核所能承擔。此外，事實查核的國際規範強調「透明度（transparency）」，作為證據的消息來源除非有極大的安全疑慮，都不能匿名，所有查核的依據也要公開，讓所有的人都能重複整個查核的程序。這與媒體做調查報導並不相同，民眾對事實查核與調查報導應有不同的期待。

即便如此，基於促進生態健全化的大目標，台灣事實查核中心

有時也試圖跨越既定的籓籬。以 COVID-19 的疫情為例，2020 年 2、3 月間，眼看海量的中國「愛國主義青年」、「小粉紅」們群起製作假訊息向台灣散播的時候，我們除了揭露假訊息個案之外，也向媒體發出了警訊，提醒它們關注該現象，同時透過調查將幕後的狀況揭露給更多的閱聽大眾。事實查核組織本身的職能終究有其定位與限制，反制資訊操弄仍有賴媒體、社群平台業者，以及資安社群與政府單位的協作。

社群平台的「自律」：以 Facebook 為例

從本事件中我們也可以發現，社群平台是目前很重要的資訊傳播通路，如果平台本身在假訊息的處理上能作到積極的「自律」，則可望大幅改善假訊息四處流竄的現象。以下以本中心與 Facebook 合作為例，來說明目前社群平台對此議題的處理對策。

Facebook 將有問題的訊息大致分成三類：「違規內容」、「不實訊息」、「資訊操弄」。第一個所謂違規，就是違反其社群準則，包括涉及違法和違反平台的道德規約，這個部分平台自己可以處理或移除。第二是不實訊息，其處理原則是交由第三方事實查核組織判定，再依據查核結果予以標示、降級或解約。第三是資訊操弄（information operations），這個問題 Facebook 會做處理，但它們也承認，自己力量、能力都有限，必須結合政府、資安社群來處理，

一旦發覺就立刻移除。

有關違規內容與資訊操弄的處理，顯然平台業者須自行承擔主要的責任，而不實訊息的部分則有賴平台與事實查核單位的協力，但這個部分的合作面臨一些問題：

（1）事實查核題材的範圍限制。例如，Facebook 的基本原則是不太願意去作政治性言論的事實查核，這就限制了事實查核的可能功效。

（2）事實查核結果的處理缺陷。其實很多調查都已經發現，Facebook 雖然會做標示、降速或其他的處理，但並不周延，有的假訊息被提報之後，可能過一段時間就不再被標記。此外，假訊息的製作者只要把訊息形式做點調整，就可以避開事實查核單位的提報。

（3）事實查核合作的平台限制。各網路與社群平台處理假訊息的規範、機制不一，不易形成共同標準，也難以整合。例如 Facebook 處理假訊息的一些機制尚未延伸到自家的 Instagram（IG），但年輕人更常用的是 IG。再看其他平台，YouTube 基本上也是自己做假訊息處理的判定，事實查核組織跟 YouTube 之間並無直接的合作，可是 YouTube 卻是影音類假訊息最常運用的平台。再舉一例，西方世界較常使用的 Twitter，也是自己做查核，跟第三方事實查核組織目前並無合作。

綜合以上三點，如果我們暫時無法以法律約束網路平台，就只能倚重網路平台的自律。但接下來的問題就是：誰來監督各平台的自律成效？我們必須思考的是：能否建立一個共管 (co-regulation) 機制來監督網路平台在假訊息自律上的實踐成效？

壓制資訊操弄：協同性造假、協同性影響行動

有關資訊操弄的部分，也是關西機場事件當中大家最疑慮之處，值得進一步來討論。社群平台以不同的用語來指稱資訊操弄的行為，例如「協同性造假行為 (coordinated inauthentic behavior)」或「協同性影響行動 (coordinated influence operations)」，其意涵是指「企圖隱藏真實身分與意圖者，透過平台上的帳號、專頁、社團或頻道等所進行的協同性資訊操弄行動」。資訊操弄是有計畫、有系統的造假作為，要去查一則假訊息背後到底有沒有資訊操弄？坦白講，一般的事實查核機構並沒有這個能力。

社群平台業者又是怎麼做的呢？根據 Facebook 的說法，必須人工與科技共同攜手，才能逐步壓制此類欺騙行動。首先是靠專家如同大海撈針一般，先找到協同性造假行為最精細的網絡，再透過科技自動偵測並移除具共通狀態的欺騙活動，接著藉由人與科技不斷的溝通與學習，讓協同性造假行為得到更大的壓制。而 Twitter 則指出，該平台負責此事的網站誠信團隊 (Site Integrity team) 係結

合公司內各部門的專家，運用一系列開源和專屬信號及工具，來辨識協同性造假行為何時可能發生，以及誰負責操作？同樣的，它們會與政府、執法機構及同業緊密合作，藉以增進對此種資訊操弄的瞭解，從而發展出整體性的對付策略。

顯然，資訊操弄的處理並不容易，卻又必須認真面對。以目前情況而言，如果我們想要解決網路與社群平台上的資訊操弄問題，必須做到幾件事：

（1）持續強化偵測與封鎖資訊操弄的技術及工具。

（2）社群媒體平台業者賦予更積極的關注與資源投入。

（3）政府依循法治原則的情報協力。

（4）學術、資安社群的專業參與，包括業者願意適度公開資訊操弄的資料，以利外部的研究。

民主國家：消極管制、自律共管和立法管制

針對假訊息，社會大眾常會質疑：政府可以有哪些作為？

世界各國處理假訊息的做法大致可分成五類模式，民主國家主要採行消極管制、自律共管和立法管制三種模式，另外兩個是威權管制與專權管制模式。在一些民主化程度較低的國家（例如，馬來西亞、新加坡），採取的就是威權管制模式，至於專權管制模式，毫無疑問，中國是此一模式的代表。台灣到目前為止，已經針對假

訊息的問題修正通過七個法案（如下表），主要是針對傳播假訊息的行為人來進行規範，大致來說，我們是介於自律共管跟立法管制兩種模式之間。透過政府、業者與公民社會的協力，台灣在假訊息問題的因應上可以說已建立了頗具自我特色的處理模式。

政府因應不實訊息修法一覽表

修法內容	法律名稱	修法狀態
新增散播不實訊息行為人的刑事責任	農產品市場交易法	通過
	糧食管理法	通過
	傳染病防治法	通過
	食品安全衛生管理法	通過
	災害防救法	通過
	核子事故緊急應變法	尚未通過
加重媒體與網路傳播物品交易或軍事不實訊息刑責	刑法	通過
	陸海空軍刑法	通過
新增緊急限制刊播令與選舉廣告透明化規定	總統副總統選舉罷免法	尚未通過
	公職人員選舉罷免法	尚未通過
新增選舉廣告透明化規定	公民投票法	尚未通過
新增事實查證規定	廣播電視法	尚未通過

資料來源：中技社專題報告 2020-02《新媒體之發展趨勢與影響》頁 69-89

新媒體之發展
趨勢與影響

不過，假訊息問題仍然嚴重，也仍然是我國深化民主的重大挑戰，不容懈怠。以下試舉幾項未來可以努力的方向：

首先，網路與社群媒體平台既然是當前不實訊息最主要的傳播通道，就有必要進一步思考如何降低假訊息在這個通道的傳播力。基於保障言論自由與平台公共責任的衡平考量，建議可以就 NCC 之前研擬的《數位通訊傳播法草案》進行研修，並加速立法。這個草案的重點之一就在於建立平台業者的自律責任，包括申訴機制、檢舉管道、資安防護、資訊公開等，但若干條文的規範失之空泛、消極，也缺乏監督機制，應增修相關條文，以期平台業者能夠更為積極的承擔防制假新聞的公共責任。

其次，媒體的事實查證機制宜予強化並落實為政府規範管理的依據。目前衛星廣播電視法第 27 條中雖然已有事實查證的規範，NCC 也制定了事實查證參考原則，但參考原則不具法律約束力，如何讓原則性的法律條文落實為業者可資依循的具體規範，並作為政府的執法或裁罰依據，顯然有賴 NCC 累積既有經驗，訂定具體且合理的裁罰基準。

第三，社會上許多人認為政論節目不受法律約束，事實並非如此。從衛星廣播電視法的立法精神來看，當政論節目在做事實論述的時候，顯然也必須遵循衛廣法 27 條所要求的事實查證原則。NCC 未來可以努力的是，如何強化媒體製播政論節目的自律規範，讓政論節目的製作能夠真正落實事實查證的精神，並讓政論節目的

製作人員能夠將事實查證內化為自己的工作價值。若能如此,政論節目就能逐步邁入常軌。

假訊息對社會造成失序的「外傷」與信賴的「內傷」

既然我們都不希望再發生一次關西機場事件,那麼我們就應有一套針對假訊息的治理對策。必須是一個長短皆施、標本兼具的全面性的處理,短期包括:媒體組織自律、平台業者自律、事實查核機制和創新打假科技。長期則包括:健全媒體結構與提升公眾素養。我們必須有所認知:單靠任一個機制是沒有辦法將類似事件杜絕於未來。

我們必須要理解假訊息對社會的影響,它並不只是造成個人福祉的危害、公共生活的失序等「外傷」。其實它更大的問題是造成社會裂縫的深化與人際信賴的破壞等「內傷」!民主社會本來就存在矛盾與衝突,並不可懼,但矛盾與衝突若是被擴大到沒有辦法縫補的話,民主機制就無法運作,民眾對於民主制度的信心亦將喪失,假訊息對於民主的挑戰就在這裡,我們必須深刻加以警覺,並積極予以克服,讓台灣的民主穩定向前邁進。 ■

本文轉載自《今周刊》。

如何面對「後真相」社會：
媒體人及閱聽人的應有認知

梁永煌／《今周刊》發行人

　　從關西機場事件來看，我們每個人都可能會成為假訊息的受害者。如果將此事件放大格局來看，這可說是這個時代存在的普遍現象。所以我希望每個人都應該對假訊息問題要有基本的認識：該如何保護自己？如何避免成為共犯結構的一部份？

個人情感優先於事實的「後真相」時代

　　回顧本事件發展之初，早在 9 月 6 日就有本地的主流媒體（聯合報）作了查證報導，但卻沒得到國內媒體的重視。其實這就是所謂「後真相」時代問題：每個人的個人情感、信念都優先於事實。

　　例如，持某特定立場者，對於某個政黨、政治人物的負面消息就比較容易接受。在後真相時代，人們不再思考並重視事件的真實性，「真相」究竟如何已成次要，主要是在發洩個人的想法而已。其實我們每個人都有可能受到自己的情感、信念而影響對人、事、物的判斷，我自己從事媒體工作更是如此，所以一定要有這樣的警覺；這是後真相時代，每個人都要自我提醒的。

　　我從事新聞工作、進入財訊傳媒集團已邁入第 34 年了，以前當記者的時候，要開一個記者會要準備很久，別人要開記者會我們

才會去。也就是說，在沒有網路的年代，你有重大訊息要發佈、澄清，都是要透過記者會，但現在任何人只要 FB 一貼，假如有人廣泛轉貼，甚至有人蓄意造假，它可能馬上就變成一條新聞了。以前的記者會是有記者把關的記者會，記者會的內容還要帶回去再整理成文字，再經過編輯才會成為一條新聞，但現在不用，我只要在我的 FB 一貼，也不用發新聞通知，就馬上會有同樣的效果。

這個時代與我們當時實在相差太遠，所以現在整個訊息的品質是嚴重被扭曲、甚至失控。所有閱聽人一定要有這個認知，否則很容易就會成為假訊息的接收者、甚至成為其傳播者。

一間不存在的第一名餐廳

我舉一個大家或許也知道的國外案例，來說明假訊息現象：

杜爾維治小屋（The Shed at Dulwich）是一家位於倫敦杜爾維治一間小屋裡的「假冒餐廳」。一位名為巴特勒（Oobah Butler）的媒體工作者為《Vice》雜誌策劃了這場惡作劇，通過虛假評分的方式，使一家不曾存在的餐廳成為了貓途鷹（Tripadvisor）上倫敦地區排名第一的餐廳。貓途鷹在事件被揭發後將該餐廳從排行榜中撤下。

巴特勒運用各種家居用品拍攝出虛構的食物照片，偽造的菜單以心情為主題，提供了六種「心情」供食客選擇，其中包括剃鬚泡沫膏與洗碗機洗滌劑。

巴特勒曾經從事撰寫假評論的工作，寫出一個假評論能為他賺取 10 英鎊的收入。他稱自己「看著菜單，選個食物，然後開始撒謊」。為了讓杜爾維治小屋成為貓途鷹上倫敦地區排名第一的餐館，他讓自己的朋友在貓途鷹上撰寫極多虛假的評論，並給予 5 顆星的評價。

貓途鷹網站是全世界非常有名的旅遊網站，所以大家都沒有警覺竟然有人會在上面貼出假訊息，巴特勒的推文、照片…所有都是假的，而且在地球表面上根本沒有這家餐廳！他有個電話，你若打電話，他就說我們現在都客滿，已經排到六個月後，這樣更引起很多人說這個餐廳很好。結果，他變成倫敦排行榜一萬九千家餐廳裡面的第一名！

這是假訊息非常經典的案例，這說明在網路時代要造假是很容易的：所有評論都可能是被造假的。有人說這個節目很好看、或這個餐廳很好吃，這都可能是花錢買的，這種現象，以前幾乎是不存在的。過去你要買一個報紙（媒體）來造假相對困難，到了現在，媒體中出現的資訊幾乎都有造假的可能。

案例中的這家虛擬餐廳，最後還真的開了實體店面，有人去了就覺得很好吃——你覺得很好吃，因為感情影響了你的判斷，因為你已經受網路的潛移默化了。所以餐廳亂買一個調理包去做，你還覺得很好吃。

沒有警覺，就會被騙

我再舉一個例子，今天總統府特別澄清一則假新聞：因為日本要倒核廢水入海的事，就有網路流傳說政府要支持，還假造一份「政府引進日本污水」的總統府公文（2021/4/15）。其實若我們稍加細看這份假公文，便可發現其造假的素質並不高，但如果我們沒有警覺，很可能就會被騙。

由此可知，回到關西機場事件中，事發當時最早被國內媒體廣為引述的那篇《觀察者網》的報導，通篇文章兩千三百七十八個字，卻都沒提到當事人的名字，稍有點新聞專業的人應該都可以看出這並不尋常，因為當事人完全沒有匿名的必要。所以正常的判斷，這則新聞可信度並不高，這是新聞工作基本的 ABC。但為何台灣的媒體會爭相引用？答案很可能就是台灣的媒體得了新聞饑渴症。

在這種媒體生態下，我覺得每個人都有可能受假訊息之害。民眾應如何自保？我建議以下兩個處理原則：

（1）立即向相關人士或單位反應。因為訊息流動速度太快，不立即處理或更正，往往已經擴散至不可收拾，或講不清楚了。

（2）要採取法律行動。畢竟我們是法治社會，自己的權益受損還是要尋求法律途徑解決，方為正辦。

但在關西機場事件中，當假訊息的「被害人」是政府、或駐日代表處時，這個問題就比較複雜。因為如果駐日代表處據此採取法律行動，控告國內媒體或名嘴妨害名譽，那是不容易成立的，因為媒體或名嘴講的都很模糊，而且你說他有沒有根據，他不認為沒有，他只要認為報導確有根據，但卻很難查證，罪名要成立也不容易；況且我駐日代表處在民怨沸騰的氛圍下，也未必敢採取法律行動。

　　所以政府該怎麼回應？當假訊息的來源不是一個很具體的個人或單位時，當政府只能啞巴吃黃連時，就可能會造成類似的悲劇！

媒體應善盡查証責任，大眾應心存懷疑

　　而對後真相時代假訊息瀰漫的現象，台灣社會可從這個事件學到什麼？我認為媒體與社會大眾應有之作為，分別列舉如下：

　　首先，是新聞媒體的自律。新聞的第一步就是查證，這是新聞工作者最基本的職業倫理。

　　例如，本事件之初，如果記者向關西機場求證就會知道，所有的遊覽車都不能進去，媒體也不至於看到一個網站上的訊息就馬上轉貼。其次，如果有相關的當事人，一定要平衡報導。從關西機場事件的報導可以發現，查證與平衡這兩件事情都沒有做到，報導中幾乎沒有找到一個旅客，所有旅客都是網路的，沒有一個旅客有名有姓。

許多國內主流媒體都因此事件飽受批評，我認為，如果事涉公共利益，國內新聞媒體的自律組織：台灣記者協會，應該有所作為。記協有個調查委員會，如果懷疑某新聞是假的，該協會應有義務、責任去調查，且媒體也應該配合調查：記者報導根據為何？若有違反專業倫理，媒體內部要怎麼懲處？記協應該扮演這個角色，而不能不了了之！

　　其次，對於社會大眾，我覺得所有人對於網路新聞一定要抱著質疑的態度！先懷疑它假的，再慢慢看是不是有真的素材在裡面，這是非常基本的，你如果沒有這概念，就容易上當。

　　再來就是，我們要養成不要亂發、亂轉貼的習慣。我們自己貼的新聞一定要有根據。這是網路時代每一個公民的責任，如果我們每個人都不亂發、亂轉貼，這個社會的新聞就會是真的。

　　任何一個國家都會有假訊息，但哪一個國家假訊息比較少，就顯示這個社會的公民素養比較高。後真相時代的良性傳播環境，要靠媒體和閱聽大眾攜手共創，作為一個台灣資深的新聞工作者，我對於媒體的自律還是有信心。　■

本文轉載自《今周刊》。

中國對台資訊攻擊模式的演變與趨勢

沈伯洋／台灣民主實驗室理事長，台北大學犯罪學研究所助理教授

　　關西機場事件有許多面向，以下我將從本事件事實面、中國對台資訊攻擊的演變模式近況，以及台灣未來如何因應等三個層面來討論。

從帳號足跡或現實世界追索

　　在關西機場事件中，台灣的國安局、國防部、調查局等官方組織在本事件中應有能力做一些事情，但因彼此間並沒有很強烈的連繫，導致在第一時間並不容易處理。民間組織在當時就只有台灣事實查核中心。後來的類似的民間組織還有 MyGoPen，最近也通過了 IFCN 的認證，台灣最主要就是這兩個組織在做事實查核。

　　台灣民主實驗室的角色比較不做事實查核的部分。我們主要是與其他單位分工，目標是調查來源。例如，某事實查核組織發現一個假新聞，其散播的帳號非常可疑？於是開始去調查這個帳號到底是誰、其背景為何等等，這大概就是我們的工作。這個工作會比較麻煩，因為以傳統上而言，網路會留下數位足跡可以去追索，但是如果沒有足跡的時候，我們就要在現實世界中去找本人到底是誰？這時候我們要做的可能更偏向徵信社的工作。

調查對象有無協同性資訊操弄（CIB）？跟誰協同？

簡言之，我們主要調查的目的，就是去瞭解調查對象有無 CIB（coordinated inauthentic behavior）？也就是這些對象究竟有無在做「協同性」資訊操弄？協同性除了是社群平台認定很重要的標準之外，我們在認定的時候，除了看這個人可不可疑之外，當然也會看他跟誰協同？或者其金流為何？

例如，2020 年罷免韓國瑜的時候，我們就發現有大量的幾個粉專都在 Facebook 上面下廣告，而且好幾個粉專下的金額都一樣，目標族群也都一樣？因為 Facebook 的資料庫後面有出資者，結果我們發現，出資者竟也都一樣，這就有點奇怪，所以我們就要慢慢去追查出資到底是誰？但其實在網路上 Facebook 提供的資料是不足的，所以我們就只好實際到高雄去看一下這個人到底是誰？找了很久就發現他原來是統戰部下面某集團的講師。所以這就可以拉起一條線：從中國的統戰部一直到該集團，一直到這個粉專一直到下廣告……其實就可以把這個線連起來。然後，我們就可以昭告天下說這是一個來自於中國的廣告、來自中國的攻擊！

類似上面的例子就是台灣民主實驗室最主要的工作。我們的工作如果應用到關西機場事件的話，我會覺得有幾個疑點指出，這不是單純的假新聞擦槍走火：第一個疑點，本事件中第一個在微博發文的那個人叫做「洪水猛獸 baby」，她應該是海南電視台的一個記者，這則發文是有影片的，該影片到現在也都還在網路上。這個影

片是有做一些移花接木，我們有去比對影片裡面講話的人，這個人看起來可能是她先生，但無法確認。

我們要問的是：她的目的是什麼？如果我們把她當作是一個愛國主義青年，想要宣揚中國大使館有多給力、似乎有點像內宣，維穩的企圖？但是如果這是一個維穩事件的話，通常中國在做維穩事件一定會對內大肆宣傳，這種大肆宣傳我們在備份中國資料的時候，就會發現其在中國的聲量會突然上升（例如，最近抵制新疆棉的事情，中國對內宣傳要支持新疆棉等等，你就可以看到網路的聲量在中國內部就突然上升）。我們觀察的方式也很簡單，就是每兩個小時備份所有中國的資料一次，就可以去看某議題的聲量起伏。後來我們就發現，關西機場在當時中國內部的新聞很少，也就是說他們並沒有對內宣傳，所以這時候我們就應有警覺：你明明是做了一個對內宣傳的新聞，但是對內又沒有炒起來，那你的目的到底是什麼？

查証內容農場（觀察者網）有無官方背景？

第二個疑點：《觀察者網》的角色為何？有無官方背景？許多兩岸研究或部份美國學者在對中國網路的分析都可能陷入某種迷思，認為中國政府和人民必須分開看待。理論上這樣其實也沒有什麼錯誤，因為人民畢竟是無辜的，他們也是受害者。但其實他們可能都忽略了一個事實就是，在中國網路長城的戰略底下，所有人民

可能都會被「武器化」。所以如果每次都要把中國政府和人民切開來看，那麼在分析上難免會有所缺失？

《觀察者網》的背景稍微有點複雜，因為它本身有官方背景，但是在我們的研究裡面它被「洗」過三次，所以我們是有做過一個觀察者網的投資體系圖，從體系圖就可看到他跟官方（黨、政、軍）的關係到底是什麼。我們還沒有對外揭露其背後的資金是因為，我們發現他們這條線有延伸到美國，也可以知道他們從復旦大學研究院、上海社會科學世界中國研究所和上海春秋發展戰略研究院，這幾個組織一直往下延伸，先到觀察者網，再一直到海外再去做這些新聞的網站。

我覺得《觀察者網》的角色，其特色就在於中國在對內做宣傳或者對外做宣傳的時候，會先在微博、微信的幾個帳號，先把一些消息丟出來測試一下大家的反應。它們的做法是選在一般人通勤或睡覺前，因為這兩個時間效果較佳。例如，通勤的時候給一點快新聞，就是只看一行兩行，你看到標題就被影響的那種新聞，就是標題殺人，一看標題中文「水淹成這樣，中國大使來接人，台灣人竟然⋯」像這樣一個標題，其實沒有人會點進去看內容。然後晚上10點以後就會用微信公眾去寫一些比較深度的文章，因為睡覺前大家是比較有時間看文章的，所以他們會在晚上去做微信公眾號的操作。所以從早上通勤一直到晚上深度的文章，就等於洗了一次輿論，洗完一次輿論之後他們就可得知：我們這一次輿論操做下去，

大家的反應是什麼？

要去搜尋那個反應很簡單，就是商業媒體先行，商業媒體先行就是像《觀察者網》、《澎湃網》這種介於中間、並不完全屬於官媒的一些網站。先把東西報導出來之後，下面會有留言，他們再把那些留言蒐集起來之作輿論分析，然後再去調整，確定都沒問題了，《人民日報》、《環球時報》等主流媒體可能就發出去。但其實在當時，《觀察者網》這篇文章下面的留言，大部分的人都沒有在討論台灣跟中國之間的問題，大部分人都在討論，撰寫該新聞的記者王可容長得跟華春瑩很像，是不是華春瑩的女兒之類的八卦。

「中央廚房」提供圖文影音資料，幾百篇類似內容同時發文

第三個疑點：上述這個模式就是，先在微博丟出一個信號彈出來，網路輿論炒起來後，再由《觀察者網》整合成一個新聞。但假設就只有一篇文章，《觀察者網》就把它寫成一則新聞，這似乎有點說不過去（雖然台灣的媒體其實還蠻常這樣做）。所以這中間還需要做一件事情，我覺得這件事就比較能夠證明這是一個協同性的資訊操作。

因為在〔洪水猛獸 baby〕的微博發文之後，在一小時之內大概有好幾百篇類似內容的發文，如果大部份中國網民都對這件事情有興趣，而在微博大量轉傳，照理說大家應該會是分享〔洪水猛獸 baby〕這篇文章。但結果該篇文章的分享數其實極少，當時的狀況

是同一時間每個人都 PO 了類似內容的文章，但是又不是互相分享；而且這些貼文竟都使用一樣的影片和照片，這就很像統一由一個「中央廚房」提供資料，然後大家在群組裡面收到資料後再一起發出去，但他們其實應該要互相轉發，因為這樣看起來才會比較像真實的。

所以我覺得從《觀察者網》準備要炒作此新聞之前，先在網路上大量散布此訊息時，中間才有人把台灣的元素加進去，後來《觀察者網》將此作成新聞後，許多台灣媒體可能沒有查證就引述了，結果釀成這麼嚴重的後果。我個人認為這就是一個協同性資訊操作，根據國防安全研究院的研究，中國在這方面算是慣犯。只要是中國境外有的災難，他們大都會做此類的新聞。如果有台灣人，就順便把台灣人再牽扯進去，簡單來講，這本來就是戰狼外交的 SOP。

戰狼外交的 SOP

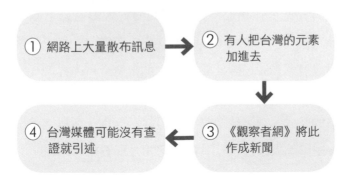

① 網路上大量散布訊息 → ② 有人把台灣的元素加進去

④ 台灣媒體可能沒有查證就引述 ← ③ 《觀察者網》將此作成新聞

「共青團」扮演的角色日益吃重

第四個疑點：「共青團」扮演的角色為何？共青團在本事件中其實並沒有作實質上的發言，但我一直都覺得近年來，它的角色越來越吃重。共青團現在越來越常變成一個「管道」。例如，日前抵制 H&M，這原本是去年 10 月發生的事，但共青團就故意幫忙炒作，之後觀察者網、澎湃之類的網媒就跟著報導，《人民日報》等主流媒體再跟進。這種協同性不那麼常出現是因為，過去共青團內部有嚴重的權力鬥爭，所以他們的作為與官方定調並不一致。所以我覺得這是很值得觀察的，因為畢竟共青團是屬於人民政治參與的那條線，不是屬於黨或國務院。他從人民路線打下來以後，再與黨、政呼應，我覺得這可能是比較「高招」的一種輿論的操作。當然，這對我們來講會比較麻煩，也是我們當下需要去面對的。

中國對台資訊攻擊：中宣／外交部＋小粉紅、農場模式

中國近期要操作類似事件常用的模式大致有以下兩種：第一種是「外宣模式」：中國中宣部，外交部有自己的網軍，所以每當這兩個單位有訊息要在國外散播時，就會有一群人專門在幫他們轉發，這群人通常很高調，所以也很容易被發現。但是他們最近在做這類事情的時候，越來越常跟「小粉紅」合作，所以這就是為什麼我認為，中國的人民與政府不容易切開分別看待的原因。

另外一種是所謂「農場模式」：近年來這種模式對我們來講，變得比較困難是因為，現在影片變得非常多。例如，中國很擅長製作一些很簡單的影片，這些影片在 Facebook 上可能有好幾百個頻道，每一個頻道可能一天傳四到五個影片，每個影片可能有二、三十萬個觀看次數，其效應不容小覷！

　　而且為了要打入台灣在地的脈絡，現在大家坐計程車可能會發現，有很多司機會在乘客上車時，故意播放某些頻道，頻道內容大多是中國製造的影片，而且看起來是特定幾個車行在做這件事情。另外還有一種是夾報紙，他們在美國也會做夾報紙的工作，在台灣現在也做一樣的事情。像高雄現在有某報都塞到你信箱，但你根本就沒有訂閱，這家報紙聽起來是非常台派的報紙，乍看之下似乎沒什麼問題？但裡面卻都是在講「兩岸一家親」之類的統戰內容——而我們最近已經調查出來這其實是跟統戰部有關係的！

　　總之，這是他們最新的一些手法：從線上做影片，線下透過一些里長、司機、夾報等基層滲透方式，讓認知領域受一個「上下夾擊」。在解放軍的文獻裡面就曾提及：在實施認知做戰時，其實上下夾擊才是最容易造成敵方認知偏誤的一種方式。「上」指的是網路所呈現的內容；「下」指的就是現實世界的基層滲透，例如計程車聽到的東西、或里長辦活動時聊天等「在地協力者」的合作。在這兩個夾擊之下，認知領域的改變就會變得特別的強大！

台灣未來如何因應：(1) 立法→代理人法

　　台灣，特別是政府，未來如何因應中國對台的資訊攻擊？我認為主要可分成兩個層次：立法與行政。

　　首先，在立法層次，民主國家面對假新聞問題，為了不損及言論自由，最好的方法還是揭露來源。像《反滲透法》的修法方向比較偏向處罰，而我們近年來力推的《境外勢力代理人法案》則側重來源的揭露。

　　這個法案的精神是，譬如你跟中國的黨政軍有關係，可能是利益輸送、簽約協議等關係，我們總共列了七種關係，這是第一層。第二層是當你有了這個關係之後，你又做了什麼事情？譬如說你做了干預選舉、侵害言論自由的事情等。雖然在民主國家，假訊息常常躲藏在言論自由的保護傘下，但中國的做法有時候反而是侵犯。譬如說他會跟台灣的學校簽約，要求台灣的老師不准在有中國學生的課堂上講法輪功、新疆等特定議題。這其實是侵犯了我國的言論自由。

　　所以當他跟中國有這一層協議關係後，又用這樣的方式在這邊做反民主的行為，我們就是把這些行為明確條列了十幾項出來。一旦符合這些項目就必須要做登記。登記又有分主動及被動：比較嚴重的事項是要主動登記，比較不重要的事項要被動登記。登記的意思是，這些人必須要揭露他們跟中國有這一層關係，並且，假設說

今天有教授他在上課的時候，因為學校已經簽這個協議了，他必須要在他上課的 power point 上面，揭露這個課程已經有接受共產黨的贊助。

以「揭露」取代「處罰」，兼顧言論自由

美國已有類似的法案，譬如說俄羅斯資助的 Youtube 的頻道，下面就要標註說這個是俄羅斯政府出資的節目。因為這需要調查，要有一個司法權，但國安局沒辦法做這件事情，因為國安局不能對內做政治偵防，所以比較適合的單位應該會是調查局。因為調查局本身就有國土安全處，他們的業務本來就是在做這個，所以也不會增加他們多餘的事件。而他們的 KPI 本來就是用這個做計算，但是因為調查局隸屬法務部，法務部對這件事情是否贊成就很關鍵。

我們在推這個法案其中一個理由是，希望能夠透過揭露的方式，讓大家在網路平台收看某訊息前，能夠先瞭解此訊息背後的金主或贊助者是誰？我那時候有問過 Facebook，假設我們通過這樣的法案，假設有公關公司真的是拿了中國的錢在網路上散播假訊息，能不能夠在帳號背後後面就附一個中國國旗之類的符號？該公司回覆說只要我們法案通過，他們當然可以配合。但問題是我們法案就是沒有過，所以他們也不能做這種事。

Youtube 也是。美國、澳洲因為有這個法案，所以 Youtube 在

這兩個國家都有類似標註。但這個標註有時候不明顯，譬如說我點一個 Youtube 的影片，其影片下方會有標註。但假設我今天是在 Line 裡面傳影片時，直接點開影片就開始播放了，那個標註就不會出現，所以在技術上還必須仰賴各社群平台的配合，方能奏效。

針對可疑訊息，給他一個「中國分數」

另外，我們還在做一件事情就是，運算中國媒體的寫作風格——意思就是，統戰部、解放軍等中國網媒各有其寫作風格，我們針對可疑的訊息，計算其相似程度（包括內容和寫作風格），給他一個「中國分數」，假設你這個訊息的中國分數有 87 分？大家看到以後就會覺得，這可能是中國想要丟過來影響我們的內容。

以上是用法律的方式能夠解決的事情。但其實很多時候是法律無法約束的。即中國若要影響我們的輿論時，則會為某些特定言論創造市場，讓言論符合其利益者「自動」有利可圖（例如在某平台發表特定立場言論時，無需任何約定，就可立即收到廣告贊助或捐款）——這就是目前法律無可約束的。若要解決此類問題，除非另外立法，或靠平台配合，否則並無法可管。

台灣未來如何因應：(2) 行政→讓國安歸於國安

最後，以行政端來講，假設這樣的法案通過了、調查局進來了，

有關 NCC 的角色，我認為 NCC 不能處理國家安全事務，因為國家安全的事務，就是該由國家安全相關的單位來做。既然國安局依法不得對國內進行政治偵防，不妨參考北約「反混合戰中心」，成立一專責單位，專門來做假新聞的前端分析，然後再透過法制的方式，讓其他的單位能夠進來，以上是我對目前行政端所能努力方向的建議。　■

本文轉載自《今周刊》。

我對台灣政論節目與名嘴生態的經驗分享

蔡玉真／資深媒體人

　　我先簡單介紹我的名嘴生涯：我畢業於台大社會系，最先踏入媒體圈從 1993 年初開始在自立早報跑司法新聞，1998 年在《今週刊》擔任主編同時，就到電視台當所謂的「名嘴」。我第一次在電視談論的主題是：台灣上市櫃公司的內線交易以及炒股內幕。因為當時我主跑司法、財經，又當過營業員，對這類議題比較專業而有此契機，所以我就踏入鄭弘儀、洪玟琴所主持的節目一路到現在。

政論節目意識形態掛帥，名嘴成為「立場代言人」

　　以我的媒體資歷來看台灣的新聞界，很多人常搞不清楚各家媒體的屬性，我就跟他們說，主要差別在「意識形態的藍與綠」和「可不可以被買」？今天我告訴一個「可以買」的媒體說我「從良」了。因為他說我以前都當壞人專門修理人的，把一位承辦企業經營權時妙用假執行獲勝，後來又跳巢該企業領高薪的法官形容得很不堪，另一半又將接任檢察長，所有媒體都在找我當年的剪報要大作文章。我就告訴他我從良了，已經不想在媒體上面、在名嘴圈，再去修理人，因為我揹的官司應該早就超過 50 件、在 50 到 100 件之間了！

我個人觀察關西機場事件時，其實頗多感觸：現在媒體到底要自律？還是要他律？到底有沒有真相？其實我從 1993 年踏入媒體到現在，我常半開玩笑講：媒體只有一個東西是真的，就是日期是真的！台灣的媒體都有立場。政論節目所有人發言都以意識形態掛帥，名嘴成為「立場代言人」。

　　台灣的媒體以前都是透過記協規範、要求其自律，但其實現在媒體是不自律的。例如本事件中，明明 9 月 6 日中午《聯合報》有查證、澄清報導，可是當晚的中天新聞台的賴岳謙卻在節目上公然說：「……我看到第一時間中國大陸的大阪的總領事館，他們一看到有旅客受困在哪個地方，陸客有上千人，他們估計大概在 750 個人左右，他們就換算了一下，他們調派 15 輛遊覽車，也就是進入關西的機場，要把他們接走……」。所以賴岳謙在電視上說「我看見」，他是透過什麼辦法看到的？再來，《關鍵時刻》的劉寶傑也會說：「好，世聰，今天一開始看到一文章是說，關西機場封閉了，今天中國派了車輛進去救援，但是如果台灣人上車的話，你要表明身分，你要承認自己是中國人，……」，其實你在看一個節目時就會發現，包括主持人和來賓，所有名嘴都隔空想像，把意識形態放在裡面了。

國內有多少「中國同路人」？

　　所以每次看到一則新聞，我會自動分藍綠，在我的意識形態

裡會自動分辨這個新聞由誰講出來？背後是什麼動機？有沒有被置入？是幫誰講話？我在媒體 28 年的資歷，已經可以輕易看出每一則的背後，甚麼樣的政治立場？某財團股權爭奪戰的某個發言背後公關公司是誰？然後是幫誰說話的？或是藉由某重大事故的新聞中誰出來講話？我們大概就知道他是不是帶風向？還是幫誰推卸責任？

我曾在中國待了很久，過去一年平均要進出 30 趟，但後來我拒絕去中港澳。因為我非常瞭解它的生態。我自己很清楚：在台商圈、各個領域裡面，誰是中共同路人、誰不是。以我在北京大學光華管理學院待過，廈門大學台灣經濟研究院我也念過博士班，我非常清楚他們在掌握這些訊息的時候，用了多少受他們培養的台生回台，因為我在中國時，他們就已經企圖要買通我，後來我是跑回來、不再去了。

所以我也非常瞭解：國內有多少是「中國同路人」？許多名字一出現，我大概都知道他是偏藍、偏綠或偏紅？到底在幫誰講話？以近年來的軍機繞台事件為例，我看了之後就覺得：「真是討厭！中共在內部不穩定時，軍機就故意要這樣子繞⋯」然後，某些意識形態和我不一樣的名嘴，在節目上面的講法就會和我完全南轅北轍？他就會說：「民進黨有很多人認為，這是繞給美國看的，這一點警覺心都沒有，這是非常要不得、掉以輕心的心態⋯」常常從名嘴們的言辭中，我們就可以直接去分類了。電視新聞台頻道從 49

到 58 台誰是藍的、誰是綠的？每一則新聞背後動機為何？其實大家都心知肚明。

大眾應培養對新聞解讀、判斷、取捨的能力

媒體該如何自律？我比較贊成在這個「後真相」時代，大家應該培養的是對新聞解讀、判斷、取捨的能力，哪些是你願意或不願相信的？例如，政治立場親藍的人，當他們看到名嘴在電視上痛罵駐日代表處渾蛋等訊息，他們就會很嗨，當你告訴他「這些已經都被澄清不是事實」，他還是不相信並堅稱：「某媒體有女乘客是這樣講的」，因為資訊過於氾濫，短時間民眾並無法取捨，所以只能憑立場、直覺去相信自己原本就容易相信的事。例如，台灣當時根本沒有任何一個名嘴在關西機場，但卻有「我第一時間就看見了⋯」、「承認自己是中國人的台灣旅客才能夠上遊覽車」等陳述，彷彿自己就是身歷其中，更奇怪的是，觀眾似乎也相信他們所言不虛！

另外，許多名嘴有的過去明明是跑社會、影劇的記者，為了要生存，靠谷哥大叔的資料，就能「跨界」變成政治、財經名嘴的現象。因為我就可以明白指出：誰從跑娛樂的後來變成是某市長的旅遊代言人，後來被親綠的電視台封殺後，又透過什麼管道重新復出⋯這樣的一個台灣名嘴生態。又例如，某名嘴因為幫某政治人物

寫書,但後來翻臉了,所以他就有內幕可以把很多事情講得鉅細靡遺,如此才有收視率。對政論節目而言,收視率才是王道!因為有收視率才能夠變成業務,才能夠有媒體 AC Nelson 的排行,有排行才能有廣告支持繼續生存。

　　所以電視台對名嘴的要求就是你要會「演」。演得讓特定政黨傾向的觀眾,看到特定電視台的時候就很嗨、很爽,名嘴就會繼續有通告可以上。例如,我以前就常常被偏藍或偏紅的節目抓去打陳水扁,就是利用我是偏綠的人,所以找我來打陳水扁、打台開案、打國務機要費案,因為用偏綠的名嘴來罵綠營會比較有「說服力」。而且,更重要的是,這樣比較有收視率!尤有甚者,該節目還會把你客觀陳述的部份剪掉,只保留該節目想要的立場。甚至還有一些媒體的老闆是你不能談到他,若你不從就絕對封殺你!這些都是我個人的真實經歷。

有的名嘴依「劇本」演出,有的網紅背後有廣告置入

　　回顧早期我從 1998 年開始在電視台當名嘴時,當時幾乎每一個節目都會依據專業的新聞領域(政治、娛樂、財經…),來限縮名嘴所講的領域。現在則是只要你能說、能演、夠出名、有收視率即可。至於言論的內容,則由製作單位提供(劇本)。現在的電視生態已把媒體可買通、置入的範圍擴散到無所不在的地步了!包括

新興崛起的網路媒體、網紅，只要能曝光、點閱率，但背後有沒有下廣告？有沒有塞錢？有沒有其他的方式的公關媒體配合，全台灣不能被收買、置入的媒體已經屈指可數！

　　有人懷疑名嘴是不是一種專業？其專業倫理、素養何在？以前我們剛開始當記者時會有記者證，會加入協會。可是現在只要你能說、敢說，能在節目中有收視率，即使是網紅，只要能吸引越多的閱聽眾，就可能可以從網紅跨界成為電視名嘴，再變成綜藝節目來賓，甚至跨到民意代表。現在名嘴常被嘲諷「從外太空到子宮」無所不能，靠網路查來的資料就說成自己的經歷，毫無專業規範與紀律可言。就像以前對於股票分析師的規範是「上節目談到股市要有執照」，可是當你看到電視台訪問一個沒有分析師執照的某資深職業股東，在節目上侃侃而談認為某某公司的股價可以上看多少錢時，你心裡頭可能想說，一個資深投資人被拿著麥克風採訪的發言，你認為要不要罰？有沒有逾越一個電視台該有的規範？因為這種現象太普遍了！

政府如何因應政論節目的亂象

　　若要問政府能對政論節目或名嘴的亂象做些什麼？其實我一直都認為，台灣的媒體，包含網路媒體、電視台名嘴，其實都不太把NCC當一回事，或將之視為「政治服務」的組織。大家對於NCC

會隨著政黨輪替而改變執法方向的既定印象太深了！我們當然很期待，對於這些喜歡散布不實資訊的媒體，需要有一個主管機關來重罰，可是實際上在目前似乎發揮不了太大的效用？

我們在電視台可能常常有機會聽到某節目被 NCC 來函警告改正或罰款，但一般社會大眾並不知道。就以關西機場事件來說，大部份的民眾並不知道 NCC 接受到民眾陳情或是舉發哪些節目？現在是大數據時代，NCC 應對被裁處的節目或電視台加註警語公告周知。讓社會大眾知道，某事件已經有多少的讀者來函認為內容有誤。因為資訊是開放、公開的，自然就不能都歸因於都是不同黨派立場的人來抗議，而公開的數據也能讓民眾知道哪一個平臺、媒體是比較可信賴的。我覺得過去 NCC 比較讓我們失望的是，我們都只有從內部才知道說，NCC 有發函給誰，可是究竟是什麼節目內容尺度不對，外界全然不知。

另外，NCC 雖然有 6 萬到 300 萬的罰鍰，但通常一般我接到的大概都是 20 萬，而多數電視台對這個數額是無感的，台灣媒體現在公器私用的比率非常高，已到了老闆說不准就不准、愛怎樣就怎樣的程度。所以我覺得 NCC 處罰機制裡的第 31 條，應該用不同的配套方式，例如先公告後警示，警示後再做處置，處置方式可以是屏蔽或是斷訊等。　■

本文轉載自《今周刊》。

NCC 對電視新聞的監理原則與實務：以關西機場事件為例

林麗雲／國家通訊傳播委員會委員，台灣大學新聞研究所教授

　　針對關西機場事件時電視新聞的表現，引起爭議。例如，事件發生時，當時即有民眾到國家通訊傳播委員會（以下簡稱 NCC ）檢舉主要的新聞台傳布假訊息，要求 NCC 發揮影響，要求業者改進。又如，江旻諺與吳介民在 2020 年 1 月 24 日的「『戰狼主旋律』變形入台，解析關西機場事件的中國虛假資訊鏈」一文也指出，主流媒體（包括電視新聞及談話性節目以及社群媒體等） 是假資訊鏈的關鍵角色。

　　NCC 作為廣電的主管機關，當時曾檢視電視新聞報導。NCC 認為電視台在引用網路媒體及涉外報導的查證確有改進空間，但僅對於新聞台發函改進，並沒有任何警告或罰款。

　　本人是在 2020 年 8 月 1 日後到 NCC 任職，即檢視 NCC 的監理原則與實務，並以 2018 年的關西機場事件為關鍵案例，以作為之後的參考。

監理最高目標「公共利益」：言論自由＋資訊戰

　　如 NCC 在 2020 年發表的《傳播政策白皮書》所述，NCC 監

理的最高目標是公共利益，包括保障言論自由和公民的資訊權。在廣電監理上，前者要保障是表達自由，後者是即閱聽人有接近、使用正確、多元資訊的權利。兩者有時會有所矛盾。台灣作為民主國家，重視言論自由，主管機關不會輕易干預廣電媒體的編輯政策。但為了保障公民的資訊權益，會責成持有執照的廣電媒體擔負社會責任。

在內容監理上，NCC 採取共管模式。第一是業者自律，即業者應制定自律公約，並放在申請執照及定期換照的營運計畫書中。第二是他律，即民眾可向 NCC 及電視台投訴那些節目或內容可能違法。再由 NCC 的外部諮詢委員（由學者、專家、公民團體等）組成「節目廣告諮詢會議」。諮詢會議討論有爭議節目，共同討論，提出建議（如改進，警告，罰款等〈廣播電視節目廣告諮詢會議設置要點〉）。NCC 委員會根據外部委員最後做成裁決；這是第三政府管制的部份。

NCC 對於衛星廣播電視的內容監理的主要法律依據為《衛星廣播電視法》第 27 條。它指出，「衛星廣播電視事業及境外衛星廣播電視事業之分公司或代理商播送之節目或廣告內容，不得有下列情形之一：一、違反法律強制或禁止規定。二、妨害兒童或少年身心健康。三、妨害公共秩序或善良風俗。四、製播新聞節目違反事實查證原則，致損害公共利益。衛星廣播電視事業及境外衛星廣播電視事業之分公司或代理商涉有前項第四款情事者，應由該事業

建置之自律規範機制調查後作成調查報告，提送主管機關審議。」

　　其中與事實查核有關的是第四項的部份，即衛星廣播電視事業及境外衛星廣播電視事業播送之節目或廣告內容，不得有製播新聞違反事實查證原則，致損害公共利益之情形。」評判標準首先是內容有否違反事實查證原則；若有違反不實，則再進一步思考，是否有證據指出，不實內容是否危害公共利益？公共利益的內容則包括是否引發社會問題（社會恐慌），是否破壞社會秩序，以及是否引發重大犯罪等重大重大公共利益損害情事。例如，2020 年疫情期間中天新聞台「封台倒數 6 天」的報導，就構成違反事實且影響公共利益，NCC 也因此開罰。

　　另外，NCC 判斷準則的參考原則還包括是否有真實惡意。NCC 也參酌過去案例 (如「周政保亮槍」新聞事件)，建議將是否有真實惡意列入裁量基準考量。是否有真實惡意的考量因素則包括：一，是否明知為虛假而仍為報導？二，是否蓄意捏造假新聞？三，是否未採訪到當事人卻在報導中假裝或製造已採訪到當事人之假象。

關鍵案例「關西機場事件」：媒體是否有主觀上真實惡意

　　NCC 是在接獲民眾陳情後開始啟動調查。在關西機場事件中，在 2018 年 9 月 10 日，有兩位民眾向 NCC 陳情，指出新聞頻道報

導中共派遊覽車接送台灣民眾離開內容不實。其中一件指出：有關有線電視台 51-58 頻道報導關西機場淹水，中共派遊覽車接送台灣民眾離開報導，後續發現不實且未經查證。

　　NCC 當時便檢視新聞頻道報導是否有提及中國派遊覽車進入關西機場為檢核重點，調閱各電視頻道 9 月 6 日及 7 日所播內容，找出可能有問題的新聞內容，提請新聞台的自律委員會討論以及廣播電視節目廣告諮詢會議討論。

　　對於 9 月 6 日及 7 日的電視新聞報導，廣播電視節目廣告諮詢會議首先考量的是，新聞報導可有消息來源；業者的回覆多是，節目有向返台之受困旅客、外交部、駐日代表處，或引用駐日代表謝長廷臉書。因此，廣播電視節目廣告諮詢會議提出發函改進的建議，主要理由包括：第一，就事實查證容尚有改進空間，惟尚未達顯然違反事實查證原則。第二，業者已啟動倫理機制，指出製作上的問題。

　　在談話性節目部份，廣播電視節目廣告諮詢會議考量論者是否有「真實惡意」。有的節目主持人在沒有查證的情況下做了主觀論斷（乃至是錯誤的）。廣播電視節目廣告諮詢會議提出發函改進，建議發函業者儘可能查證多方消息來源。主要的理由是：當時的消息來源混亂，業者未必主觀上有真實惡意。

僅對 TVBS、東森發函改進

基於外審委員的建議，NCC 委員會僅對業者發函改進（國家通訊傳播委員會第 851 次委員會議紀錄 2019 年 4 月 17 日）。例如，針對 TVBS 新聞台 2018 年 9 月 6 日節目播送關西機場事件新聞報導案，其內容涉有違反事實查證原則致損害公共利益之虞，函請就下列事項予以改進：（一）應慎選、查證消息來源，並持質疑態度客觀檢視事件訊息正確性，針對消息來源、訊息內容正確性進行嚴謹查證。對於消息或影片來自（境外）個人或不明單位，本地媒體更應為民眾把關，適當完成資訊交叉查證後方為報導。（二）網路消息如來自個別（境外）民眾或不明單位，應適當做資訊交叉查證，針對所有消息內容均應多方查證，避免單一消息來源；尤其涉公共事務及涉外事件新聞，應至政府澄清專區及具公信力之第三方查核中心查證。（三）對於來自網路來源不明之影片，應注意其是否經過變造、拼湊及修改。（四）引述民眾意見時，切勿偏頗選擇，僅呈現單一觀點。（五）爭議新聞應確實落實多元並呈及平衡之報導；應於錯誤報導後即時更正，並落實自律委員會之結論。（六）若涉外事件無法即時求證政府消息來源時，亦應多元查證政府以外或國際之消息來源。（七）於 3 個月內，針對引用網路訊息及涉外事件之事實查證流程標準作業程序（SOP）進行檢討後送本會。

對於有疑義的談話性節目，NCC 委員會僅對業者發函改進，請注意事實查證及公平原則之規定。例如，對於東森新聞台 2018

年 9 月 6 日播出「關鍵時刻」節目，函請促其針對事實查證未臻周延部分啟動自律機制，改進事項如下：（一）針對所有消息內容均應多方查證，避免單一消息來源；尤其涉公共事務及涉外事件新聞，應至政府澄清專區及具公信力之第三方查核中心查證。節目製作單位應善盡查證責任，主持人評論應以事實為基礎。（二）談話性節目之製播及評論應注意事實查證及公平原則，不宜過度演繹、揣測，對於播送之內容應力求證據充足、避免無根據之猜測，以確保內容正確性（三）若涉外事件無法即時求證政府消息來源時，亦應多元查證政府以外或國際之消息來源。（四）於 3 個月內應就新聞性政論節目訂定製播準則並送本會。（五）有關新聞事實查證製播規範之參考原則應列為員工教育訓練教材。（六）談話性節目之新聞評論應與頻道新聞內容同步更新。

建立事實查證自律規範機制，協助廣電媒體做好事實查證

　　NCC 在事件後建立「衛星頻道節目供應事業製播新聞違反事實查證致損害公共利益處理要點我國事實查證參考原則」。其主要的精神是，新聞媒體有社會責任，不只是有聞必錄，而應做好事實查證。在查證上，參考原則指出，1. 應持質疑態度客觀檢視事件訊息之正確性、合理性，妥就消息來源、訊息內容正確性進行嚴謹之查證。2. 針對所有消息內容，包括網路資料或外電消息，均應多方求證，避免單一消息來源；尤其針對涉公共事務新聞，應至政府澄

清專區及具公信力之第三方查核中心查證。

目前電視業者也多根據此要點納入自律規範之中。例如衛星公會及電視學會參照，分別於 2019 年 1 月 16 日及 30 日召開新聞自律委員會修訂納入其之自律綱要。有的新聞台也據以修正自律規範。又如 TVBS 建立〈涉外事件及引用網路消息來源訊息之事實查證流程標準作業程序〉等。

NCC 也會鼓勵新聞業者建立事實查核機制。例如華視內部有建立事實查核的機制，在審查中嘉系統由華視新聞資訊上的 52 頻位的案件時，NCC 即期待華視建立較長久的查證機制，以其作他新聞頻道的標竿。因為像美國的事實查核運動就是從媒體來做，而台灣卻是由公民團體努力推動。其實媒體本身就應該要建立事實查核機制。

《數位通訊傳播法》草案：要求網路社群平台負責

目前正在討論的《數位通訊傳播法草案》也指出：平台業者也該有責任。網路（社群）平台是目前非常重要的傳播管道。目前的草案方向是，若有人檢舉某些資訊違法，業者就必須立刻加註警語且必須諮詢事實查核機構。再來，有一定影響力的平台業者也要提出透明度報告，說明民眾檢舉數量、自律規範為何，也要諮詢外部的事實查核中心。

另外，最近 NCC 也在討論的平台業者要付費，就像澳洲那樣的議價法，讓跨國平台業者為在地的新聞付費。因為我們在地新聞目前大概有六成以上的數位廣告都是被跨國平台拿走！間接迫使許多傳統媒體必需做一些例如置入或其他有違新聞專業的業務來維持。所以讓平台業者合理付費，也是其該負的社會責任之一。

公民協力：推動事實查核運動，改善台灣的媒體生態

　　以上檢視 NCC 在本個案的監管原則與實務以及努力方向。從本個案可看出，NCC 在內容監理上是以公共利益為目標，同時考量言論自由以及公眾知的權利。在本案例中，NCC 的監理很大程度上維護言論自由，會考量業者是否違反事實查證原則，是否危害公共利益以及是否基於惡意，因此僅發函改進，未課以罰責。

　　但當今傳播環境變遷，包括可能有資訊戰，即外部的力量特意操控訊息，在社群平台上釋放假消息。在此情況下，傳統新聞學的有聞必錄不足以確保公眾可接收到正確及可信的資訊，而必須多方查證，引用網路資料更必須小心。NCC 對此建立了事實查證的原則，供新聞業者參考。展望未來，則更需要公民協力推動事實查核運動並改善台灣的媒體生態，才能真正保障公共利益，包括言論自由以及公民的傳播權。　■

本文轉載自《今周刊》。

附錄一、2018 年關西機場事件新聞報導記要

* 引用《觀察者網》及未經查證的假新聞。

** 未察覺網軍攻擊。

時間	內容摘要
9 月 4 日	
1500	中央社　關西機場宣布封閉
9 月 5 日	
0630	三立新聞：強颱襲日 9 死 349 傷 關西機場關閉 強颱燕子（Jebi）挾帶強風豪雨肆虐日本西部地區，同時也是日本近 25 年來遭遇最強的颱風，不僅造成關西機場淹水、3000 人受困機場，而目前關西機場往來台日的航班全被取消，台灣的各大旅行社，4 日也已請業務通知，提醒出團關西旅客別去機場。 而據交通部觀光局通報，關西國際機場 4 日受到燕子颱風侵襲暫時封閉一事，經詢問主要日本線旅行社，截至本（4）日 19 時 30 分止，已有雄獅、康福、東南、五福、山富國際等旅行社通報，經初步統計受影響滯留當地並延後返台旅行團約 20 團，旅客 568 人；另統計取消行程旅行團 23 團，旅客 731 人。
1209	聯合報：PTT 日旅板：關西機場出動高速船疏散 台網友搭到第一班
1223	微博 [洪水猛獸 baby] 發文： 21 號颱風席捲日本，大阪關西機場唯一大橋被郵輪撞毀……（見本書 P.41）
1239	中國新聞網：綜合日媒報導，25 年來最強颱風「飛燕」4 日侵襲日本，已造成 11 人死亡，數百人受傷。日本關

西機場 4 日油輪撞擊聯絡橋導致車輛無法通行，旅客等約 5000 人被困。5 日清晨起，將滯留旅客運送至神戶機場的高速船開始臨時運航。

| 1920 | **中國新聞網：**中國駐大阪總領館網站 5 日發佈消息稱，21 號颱風「飛燕」過境大阪造成嚴重影響，關西國際機場內中國旅客 750 餘人滯留。中領館高度重視此次旅客滯留事件的應對，迅速啟動應急機制，已派出工作組趕赴關西國際機場周邊瞭解情況，並與日方協調對策方案。 |

中領館高度重視此次旅客滯留事件的應對，迅速啟動應急機制，9 月 5 日淩晨派出第一批工作組趕赴關西國際機場周邊，瞭解被困中國旅客情況，並與日方協調對策方案。

經中方積極協調，<u>日方於 9 月 5 日上午 11 時 30 分</u>（原計劃 8 時開始，因故推遲）<u>啟動集中轉運中國旅客工作。</u>截至目前，已將第一批 146 人，第二批 214 人，合計 360 名滯留旅客<u>安全轉移至大阪市內</u>，正在準備轉移第三批、第四批旅客。

| 2229 | **觀察者網：淹成這樣，沒想到，中國領事館派車來接人了！台灣同胞問** |

受颱風「飛燕」影響，日本大阪關西國際機場自昨天（9 月 4 日）下午 3 時起關閉，近 3000 名旅客被困，其中中國旅客 750 餘人。日方派出輪渡和巴士運送旅客，但運力有限，機場仍有大批旅客滯留。一位被困遊客告訴觀察者網，昨夜機場大面積停電，少數地方有一點點燈光。機場發放了基本的礦泉水、餅乾、可以鋪在地上的

紙箱。

但就在今天下午，微博朋友圈陸續傳來消息：中國領事館來接人了！

據中國駐大阪總領事館消息，關西機場旅客滯留事件發生後，領事館迅速啟動應急機制，今天（5日）凌晨派出第一批工作組趕赴機場周邊，瞭解被困中國旅客情況，並與日方協調對策方案。

在中國領事館的積極協調下，今天上午 11:30，集中轉運中國旅客工作開始！被困遊客告訴觀察者網，當時並未想到領事館會來接人。導遊稱如果按排隊，需要排 3-5 天，但一早又傳來消息——領事館已經和日方對接過，「今天一定派車接我們過去！」另外，北京時間記者致電大阪總領館，接電話的人說，所有人都去前方服務了，她是使館工作人員家屬，被安排留下來負責接電話。

另外，這次撤離過程中還有一個插曲。有人發朋友圈稱，滯留旅客中也有一些台灣同胞，詢問能不能一起上車，得到的答案是——覺得自己是中國人就能上車。

觀察者網

| 2235 | 關西機場宣布快速船運輸（關西空港—神戶空港）完畢 |
| 2300 | 關西機場宣布巴士運輸（關西空港—泉佐野）完畢 |

9月6日

| 0308 | 北海道地震 |
| 0704 | PTT 網友〔czqs2000（青山）〕發文： |

大家都知道大阪關西機場被水淹了
很多國家的旅客都在焦急等待不知道什麼時候才能離開
忽然中國又調集了 15 輛大巴把所有中國人先撤走了

竟然有台灣人問能不能和中國人一起上車

不知道這幾個台灣人最后有沒有跟中國的車一起走 有沒有中國人先上車的卦？

0815　**人民網**：本次強颱風不僅造成大阪關西國際機場跑道等嚴重淹水停運關閉，同時受到油輪撞擊關西機場聯絡橋的影響，致使機場沿線車輛無法通行，約 731 餘名中國遊客滯留。災情發生後，中國駐大阪總領館積極參與救援、及時做好中國遊客安置和轉移工作，暖心舉動引發關注。

截至 5 日 18 時，大阪總領館已成功轉移兩批共 360 人，目前沒有出現一例中國公民在關西機場滯留期間受傷的報告。

中國駐大阪總領館 4 日上午 9 時即開始啟動應急處置機制，包括總領事、副總領事以及總領館工作人員在內組成的十幾人救援小組迅速調用十七輛專車展開轉移工作。由於連接機場的橋梁受到油輪撞擊損壞，導致通往機場的道路被臨時封閉，中國駐大阪總領館人員在機場週邊守候了一夜隨時待命，5 日上午一側道路可以緩慢通行後，集中將兩批受困遊客從機場安全送出，並為大家準備了應急食品及飲用水。

李天然總領事對人民網記者表示：「4 日颱風災害發生以來，我們不斷與各方聯繫，協調救援事宜，目前除中國大陸公民外，總領館也在隨時收集並統計被困關西機場的遊客中是否也有港、澳、台同胞，我們的目標很明確，天災面前一個都不能少！」

記者從一位原滯留在關西機場已獲得轉移安置的中國遊

客那裡瞭解到，第一個赴機場展開救援的就是中國駐大阪總領館。被困機場遊客被孤立在小島上經歷一夜煎熬後，看到總領館安排專車來接中國遊客，而其它國家及地區的遊客還在排著長隊焦急等待公車的時候，這些遊客紛紛表示只想為自己的祖國深深點讚。

0858　**中國新聞網：**今年第 21 號颱風「飛燕」4 日強勢登陸日本，截至 5 日晚已造成 11 人死亡、600 多人受傷。中國駐大阪總領館網站發佈消息稱，截至日本當地時間 9 月 6 日凌晨，駐大阪總領館協助因颱風滯留中國旅客 1044 人（包括香港同胞 117 人，澳門同胞 5 人和台灣同胞 32 人），分六批安全撤離關西國際機場。

據日本媒體報導，約 3000 名旅客及 2000 名工作人員 4 日晚被迫滯留關西國際機場。從 5 日上午起，機場陸續通過水、陸交通轉移滯留人員，但機場將繼續關閉並取消所有原定航班。

0904　**中國日報網：**中國駐大阪總領館消息，截至日本當地時間 9 月 6 日凌晨，駐大阪總領館協助因颱風「飛燕」滯留的中國旅客 1044 人（包括香港同胞 117 人，澳門同胞 5 人和台灣同胞 32 人）分六批安全撤離關西國際機場。

9 月 4 日的強颱風引起暴雨和高漲的潮水，關西國際機場跑道和一個候機室一樓被淹，機場關閉，連接機場與對岸的聯絡橋被毀，導致近 5000 人滯留機場。目前機場仍處於關閉狀態。

據我國駐大阪總領事館 5 日消息，領事館高度重視此次旅客滯留事件的應對，迅速啟動應急機制，9 月 5 日凌晨派出第一批工作組趕赴關西國際機場周邊，瞭解被困

中國旅客情況，並與日方協調對策方案。

經領事館協調，日方於 9 月 5 日 11 時 30 分（原計劃 8 時開始，因故推遲）啟動集中轉運中國旅客工作。截至目前，已將第一批 146 人，第二批 214 人，合計 360 名滯留旅客安全轉移至大阪市內，正在準備轉移第三批、第四批旅客。此外，領事館也積極協調南方航空、天津航空、四川航空等航空公司，敦促其通過免費改簽機票、增加航班的措施，妥善解決滯留旅客回國需求

5 日，東方航空、南方航空、吉祥航空等多家航空公司發公告稱，因關西機場關閉，可為旅客提供免費退改服務，並且可在關西機場開放前改簽于名古屋、東京等日本其他航點。

0918　**中國新聞網：（轉自北京青年報）—颱風襲日本 750 名中國旅客滯留機場**

中國駐大阪總領事館啟動應急機制截至昨晚已有 360 名滯留中國旅客安全轉移移

9 月 4 日，颱風「飛燕」登陸日本，受颱風影響，一遊輪撞上關西機場聯絡橋，致 3000 名旅客滯留關西機場，其中包括約 750 名中國旅客。5 日，經中國駐大阪總領事館協調，滯留的中國旅客開始乘車轉移。此外，一些航空公司表示可為旅客提供免費退改服務，並可在關西機場開放前改簽于名古屋、東京等日本其他航點。北京青年報記者瞭解到，目前，機場聯絡橋的一側已恢復通行，機場用大巴轉移滯留旅客。

0958　*自由時報：台人受困關西機場待援 中使館竟稱：自認是中國人就上車

據中國媒體《觀察者》報導，中國駐大阪總領事館昨派
15 輛遊覽車前往關西機場，營救 750 名受困中國旅客。
有中國旅客表示，在接送的車輛到達後，有台灣旅客詢
問是否能跟著搭車，對方則回應，只要覺得自己是中國
人就能上車，據傳台灣旅客在詢問後，也紛紛與其他中
國遊客一樣，排隊等候搭車。

1029　*ETtoday 新聞雲：陸使館派 15 車到關西機場 台灣旅客
「自認中國人」就可上車（轉報導觀察者網）
……中國大陸駐大阪領事館 5 日陸續派出專車協助大陸
旅客轉運，面對也想上車的台灣旅客，有在場的大陸旅
客表示，「只要覺得自己是中國人，就可一同上車，跟
著祖國走。」另外，PTT 及臉書上有數名搭乘陸使館車
輛，安全離開關西機場的台灣旅客表示，對方並未要求
台灣人須「承認是中國人」才能上車，是只要跟著排隊，
就能夠上車，車上也有陸使館的人在統計「港澳台旅客」
的數量，以便聯絡港澳辦事處。
部分台灣旅客更直言，非常感恩大陸使館的協助，反而
是聯絡台灣的駐外單位時，對方完全幫不上忙，有點失
望。
根據陸駐大阪領事館公告，截至日本當地時間 9 月 6 日
凌晨，專車已協助滯留旅客 1044 人，其中包括 117 名
香港人、5 名澳門人和 32 名台灣人，分為六批安全撤離
關西國際機場。

1041　網友〔GuRuGuRu〕在 PTT 發文：
重點：稱打電話到駐日辦事處，說接電話人態度不耐煩；
有台灣辣媽說中使館有派車來載僅限中國以及港澳台的

人；坐車時沒有要自稱中國人……（見本書 P.47）

1047 **中廣新聞網：旅客受困關西機場 陸方租車接運陸客**
強颱「燕子」橫掃日本關西，大批各國旅客受困關西機場，根據大陸「觀察者網」報導，中國大陸駐大阪領事館人員全體出動與日方協調，租用大巴士把受困機場的中國大陸旅客接到大阪市區，台灣旅客「只要覺得自己是中國人」，也可以搭上大巴士離開機場

根據大陸「觀察者網」報導，中國大陸駐日本大阪領事館人員跟日方協調，租用 15 輛搭巴士，把困在關西機場的約 700 名中國旅客接出來送往大阪「我們從昨天夜裡一點就一直在這裡，目前經過協調，日方同意用大巴把大家給分流出來，目前我們（領事）館裡為大家租了 15 輛巴士，接下來把大家分流到大阪站和新大阪站 ...... 大阪站主要是可以去大阪市內的各個地方，新大阪站可以去名古屋，然後去旁邊的東京各個地方 ......」

為了安排輸運受困旅客事宜，領事館人員全體出動，領事館辦公室則由領事館人員家屬留守接聽電話。領事館租用大巴士輸運受困旅客的消息，立刻透過微博和微信通知外界。一位困在機場的大陸旅客表示，如果排隊等搭船離開，可能還得等上 3 到 5 天，聽到這個消息，讓他覺得持有中華人民共和國護照「有自豪的感覺」。

還有旅客透過微博發信表示，有同樣困在機場的台灣旅客問「能上車嗎」，領事館人員的答覆是「只要你覺得自己是中國人」就可以上車。

1100 **三立新聞：硬欺台灣！中使館：自認中國人可上車**
……大陸媒體「觀察者網」報導，中國駐大阪總領事館

5 日派車輸運 750 名受困中國旅客；報導提到，中國遊客說，平常在國內感受不到的，這次親親切切的體會到了，在這個時候國家對你的重要性有多大。

報導還提到，這次撤離過程中還有一個插曲。「有人發朋友圈稱，滯留旅客中也有一些台灣同胞，詢問能不能一起上車，得到的答案是——覺得自己是中國人就能上車」，中國網友還說，這就是強大的中國力量，明顯吃台灣人夠夠！

1253　**　自由時報：中使館專車要當「中國人」？台旅客出面還原現場……

關西國際機場遭燕子颱風重創，逾 3000 名旅客受困，儘管日本相關單位加派高速船與巴士疏散，但由於運能有限，仍有大批旅客滯留在機場內，中國駐當地使館昨派專車救援中國旅客，傳出有台灣旅客求上車，中客回應只要覺得自己是中國人就能上車，有搭乘中國使館專車的台灣旅客現身說法，稱沒有被這樣要求。

對此，有網友在 PTT 日本旅遊版 PO 文還原現場狀況，稱自己昨天就是搭乘中使館的巴士回到大阪市區的台灣人，他本來正排往神戶港的快速船隊伍中，但是人龍超長，根本看不到盡頭，有好心人士跟他說中使館有派車來載僅限中國以及港澳台的人，他立刻跑去排隊，「雖然還是等了十個小時才搭到車，但至少離開了關西機場。」

這名網友強調，在運輸過程中，有中使館的工作人員上車調查，車內共有多少位台港澳旅客，「完全沒有任何人要我們自稱中國人」，他也忍不住抱怨台駐日辦事處無作為…

1305　人民日報：關西機場遊客聽說使館派車來接歡呼祖國萬歲

以下為攜程自營的日本領隊陳鳴口述現場撤離內容：

5 號上午中國大使館派車來接遊客歡呼祖國萬歲

第二天早上，迷迷糊糊之間聽到了有工作人員說有大使館派車過來接的消息，隨即就馬上和工作人員取得進一步消息，稱大概 10 點到 11 點左右會有大使館的巴士帶我們出去。當時心情激動極了，饑餓、疲憊緊張的心情立即煙消雲散，此刻作為中國人我感到無比的安全與自豪。第一時間我把這個好消息通知給了客人，好多人開心地歡呼祖國萬歲。有的高興到和親人相擁，大家都表示異國他鄉遇到危險困難，祖國一定會第一時間想辦法營救我們。此時此刻，我們最想立即飛回祖國的懷抱！

大使館派車接我們的消息落實後，我和公司就考慮接下來回國的方案。

當時考慮了很多種方案，不過最終一切還是需要通過公司和航空公司進行調節。在和客人及公司討論各種方案的時候，我也時不時會去問問大使館派車的情況。因為考慮到大量中國旅客滯留，為了確保我們攜程的客人能夠儘早離開機場，我打聽到大使館的車會停靠在機場一樓北口的區域，於是我就集合起了客人先行一步前往一樓北口等待。此時機場的供電尚未恢復，我們一行人是手扛行李從 4 樓樓梯一路走到 1 樓的。

鑒於我們團裡面還有老人和幼兒，我們團裡面的小夥子們有力出力，爭著幫她們提行李。我當時是幫著小孩子的媽媽提行李，自己把行李留在了 4 樓，想著一會兒自

己再回去趟，結果當我把她們的行李帶到 1 樓後不久，我們團友自發地幫助我把行李也帶到了 1 樓，這互幫互助的一幕令人十分動容。

早就料到巴士出現位置的我們很幸運地坐上了第一批，也就是大使館來的頭 3 輛車。

當時其實還有很多散客由於各種原因沒有收到大使館派車的消息，仍在各個樓層等待。而我們那個時候已經分 2 輛車坐在車上面了！ 等車開出機場，我們看到了很多滯留的旅客，仍在等待機場安排的接駁車到來，排隊的人數已經繞機場大半圈了。我們的客人紛紛表示，這麼多人一兩天內是輸送不過來了。

此外，還有很多其他國家的外國遊客，他們的國家沒有措施幫他們離開機場，他們只能繼續忍耐等待救援的渡輪和公交。

1317　* 旺報：陸使館派大巴進關西機場接陸客 32 台灣旅客受惠（編按：未註明報導出處）

燕子颱風 9 月 4 日重創關西機場，有 750 位陸客被迫滯留在機場過夜；大陸駐日使館 5 日派 15 輛大巴士，下午 2 點開始接出陸客，截至今天（6 日）凌晨，已分 6 批，把所有陸客接送至大阪；32 名台灣旅客見狀，也上前詢問，獲得協助，與陸客一起搭上大巴士，順利撤離關西機場。

1318　* 中時電子報：陸使館專車接送受困旅客 傳要台人自認中國人就能上車

陸媒《觀察者網》報導，陸使館派出專車接駁受困旅客，其中有現場遊客在網路上發文表示，當時遊覽車在接駁

受困旅客時，現場有台灣遊客詢問能否一起搭車，得到的回答是「只要覺得自己是中國人，就可以上車跟祖國走」，而在場的台灣旅客聽到後隨即答應並排隊上車。

此事瘋傳網路，但真實性有待確認，一名在場的台灣旅客表示，陸方派出的接駁巴士並沒有說任何話，直接二話不說載送中國以及港澳台旅客，根本沒有新聞報導中的情形，反觀台灣的駐日辦事處根本冷眼旁觀，沒有提供任何協助。

1350　*** 中天新聞政論節目「大政治大爆卦」：**
主持人周玉琴：

台灣人其實也很想趕快撤離大阪的機場，不想再被受困了，所以當時呢，這個就有大陸的旅客，他們在那個現場就有人表示說，只要你自認是中國人你就可以來上車，好那我們看到呢。根據這個報導，就有台灣人他們真的這麼做了，想辦法要去上大陸提供的這個巴士。

他反正就上了車，結果等於這整個過程，只讓他花了 4 個鐘頭，他就被這個巴士載到大阪的市區，才能夠真正離開。那麼另外呢，也有別的網友，他們自己就在網路上面說，本來我是乖乖地駒，跟著在那邊排隊，是要趕到神戶港，可是大家知道你到了神戶，其實還是要繞，繞回到大阪的嘛，對不對，所以當然比較不方便，後來他看到說，原來跟這個大陸的巴士，會比較快一點，所以他才想，那是不是我也可以來上車呢？後來他真的，他也上了車，就改坐了大陸方面派的這個巴士，只是說，他花了時間比較久一點，他花了 10 個小時，但是他一樣也能夠，很順利的，到了這個大阪的市區。

鄭師承：

關西空港變成水港，那剛剛講說大陸派了 15 輛大巴，然後，還要問你是不是中國人，我覺得不可能發生這種事啦，怎麼可能，我講難聽一點如果當時你叫我說我是法國人，我是火星人，我都說我是。

吳育昇：

就算跟日本官方沒有辦法打上交道，今天早上我一個旅行社朋友告訴我說，我們台灣有很多大旅行社，在日本自己有車喔，比如說雄獅旅行社，東南旅行社，他們自己有車，你駐日代表處的謝長廷，你不會去跟我們台灣的旅行業者去溝通，然後拜託去關西機場接人嗎？這一點民間互助的工作，難道你做一個官方的代表，你不能去做嗎？

1424　聯合報：傳陸使館派車接人「自認中國人可坐」 關西機場否認 （編按：唯一查証事實的傳媒）

……傳出中國大陸使館昨日派車進去救援陸客，只要承認自己是中國人就能上車。不過關西機場今表示，昨日持續封閉，沒有讓外車進入。

關西機場營運公司在昨日一早天氣好轉後，派出巴士與高速船接駁受困民眾，因人數眾多救援作業持續到深夜。有消息稱中國大陸使館昨日派出了 15 輛遊覽車前往接出受困的大陸旅客，當時有台灣旅客詢問能否一起搭車？對方回答，若自認是中國人，就可上車跟祖國走！

不過記者詢問關西機場營運公司，對方表示為了管控現場狀況，避免混亂造成更多困擾，昨日全天進行管制，只有關西機場方面調度的車輛可以進入。

1501　鏡周刊：【受困關西】偷搭中國大巴逃難 台籍旅客：駐日單位無人協助

……一名滯留機場的台籍旅客和其丈夫向本刊投訴，在狂風暴雨之下，對岸的中國至少派出多輛巴士疏散中國人，反觀台灣外交部卻未伸出任何援手，為了趕緊逃離災難現場，讓她和丈夫只好帶著 2 名小孩冒充中國人跳上車，才成功返台。

一名家住宜蘭的許姓女子和丈夫向本刊投訴，指本月初與 3 名小孩在 8 月 31 日前往日本大阪自由行，原定 9 月 4 日返台，卻因燕子颱風受困關西機場…航空公司下午宣布取消他們的班機，眾人臨時搶訂旅館，加上停水、停電，廁所惡臭、商店食物和飲水被搶購一空，場面混亂。

……由於附近旅館全部客滿，加上機場大廳各處都是旅客，急著找尋棲身之所的他們遇上同樣行色匆匆的中國旅客。聊天時，得知中國將派出多輛巴士來接中國籍旅客。過程中因為找不到任何可以施予援手的台灣單位，只好跟著排隊等車，後來其實中國人員也發現他們口音不同，還好未查看護照，順利搭上巴士離開關西機場。

……許女一家人說，滯留機場期間，竟無台灣駐日單位提供任何實質協助或關心，讓他們必須偷搭中國巴士逃難，不免感嘆「弱國無外交」。

1652　蘋果日報：台灣客關西機場脫困 搭中使館專車「沒被迫喊中國人」

……傳出中國駐大阪總領事館昨派專車接出受困中國旅客，要台灣旅客自稱中國人，就可搭乘專車離開，不過

《蘋果》接獲讀者爆料，她隨著一對中國夫婦上車，過程中什麼事都沒發生。事後也釐清為中國領事館協調關西機場派車載出中國旅客，至泉佐野再換搭領事館巴士至主要車站。

……批踢踢日本旅遊板網友也提供經驗談，他昨跟著人潮排在往神戶港的隊伍，被台灣旅客告知，中使館有派車來載僅限中國及港澳台的人，心想速度會比跟其他國家的人一起排隊還快，於是改排坐中使館巴士，不過他仍等了 10 個小時才上車，至少離開關西機場了，而且過程中沒有人要他自稱中國人，還有中使館的工作人員上車調查港澳台的人有多少人，說接到香港辦事處的人打來關心詢問在場有多少香港人。

批踢踢網友說，他到大阪市區後已是深夜，打電話到駐日辦事處詢問大阪哪裡可提供住宿，或是辦事處能在住宿或交通方面提供協助，對方回：「請問我能幫你什麼？你要住哪裡是你們的選擇，我要怎麼幫你找住宿？」態度讓網友心冷了一半，事發到現在未獲駐日辦事處任何協助，倒是很感激中使館的幫助。

不過據台北駐大阪經濟文化辦事處網站記載，急難救助專線僅供車禍、緊急就醫、搶劫、被捕等求助之用，非緊急重大事件請勿撥打。只是網友問住宿固然不適宜，辦事處人員態度冷漠也是事實，也想問，派車去機場接受困旅客，中國做得到，為何台灣不做？

外交部今表示，經查證，駐處同仁確實在深夜接獲民眾電話，盼能協助代訂附近旅館，外交部認為，第一線的同仁確實應更有同理心，協助國人處理緊急狀況，已要求駐處嚴肅檢討。

2000　中天新聞政論節目「新聞深喉嚨」：
　　　賴岳謙：
　　　就是陸客有上千人，他們估計大概在 750 人左右，他們
　　　就換算一下，他們調派了 15 輛的遊覽車，也就是進入
　　　了關西的機場要把他們接走，用其他的交通工具，協助
　　　他們脫離，被困在關西機場的窘境。
　　　主持人平秀琳：
　　　另外我們大阪的代表處，昨天晚上也接到了一些台灣旅
　　　客尋求協助的電話，不過這個旅客非常生氣，因為他說
　　　他搭了中國大陸的專車到了大阪之後，因為已經過了 4、
　　　5 個小時，半夜到了大阪，他不知道該住在哪裡，接下
　　　來得行程怎麼安排，他就打電話到我們的代表處去，結
　　　果代表處的人員跟他說，你要住哪裡是你的事情，你怎
　　　麼會打電話來問我。
　　　黃暐瀚：
　　　燕子颱風把 1000 噸的船直接撞過來，你看著整個橋都
　　　已經是，對，橋梁已經歪了對不對，所以這個不能走了，
　　　但是沒關係，你只要控好，北面的這個還可以走，所以
　　　大陸就派車去了。

2150　中天新聞政論節目「新聞龍捲風」：
　　　謝寒冰：
　　　但是問題是，台灣旅客受困不是從今天早上，大震之後
　　　才開始，是之前在關西機場，因為他淹大水，很多旅客
　　　就已經被困在那裏了，當時你知道，包括日本國內外旅
　　　客，大概有 3、4000 人擠在那邊，擠在那邊的時候怎麼
　　　辦，大家都在焦急等待，如果排隊等日本的接駁車，那

實在太慢了不知道多久，結果這時候有人看到，看到甚麼，中國大陸的領事館，駐大阪總領事館派了車來，15輛巴士來（主持人：這麼多巴士來）然後就直接把大陸的旅客，一個一個接走，這個時候，據說有一些我們的台灣人，就問他說我們是台灣來的，我們可不可以也上車，有一個大陸人就自己，在他自己的網頁上面寫說，果你認為自己是中國人的話你就上車，結果他們就上去了，你知道只是這樣的一句話，被人家訛傳成甚麼你知道（主持人：被訛傳成甚麼）訛傳成說，大陸的領事館要求，你要自稱中國人你才能上車，這根本是完全兩件不同的事情。

2200　中視新聞政論節目「夜問打權」：

主持人黃智賢：

機場大批的旅客滯留，這個時候，大陸領事館，駐日的領事館，派了15輛遊覽車，前往關西機場，把750名的受困大陸旅客運出去，導遊說，如果我們接受日方派出來的輸送，大概排隊你要排3-5天才會…台灣的旅客才能夠輸送完畢，因為現場台灣旅客大概有400多名，王姓的遊客說，平常在國內感受不到，這一次親親切切的體會到，在這個時候，國家對你的重要性有多大。

大陸的領事館動作很快，他馬上就可以調動車子，然後15輛遊覽車來，趕快把自己的國民疏散，帶到安全的地方，可以睡覺的地方，那我們的助日代表在哪裡，幫助的助，我們助日代表謝長廷，你跑到哪裡去了，你出不起10輛嘛，400多個人大概是8部到10部遊覽車，你出不起嗎？為什麼你的動作比不上大陸，第二個人家

說，覺得自己是中國人就可以上車，這有沒有錯？好像沒有錯。

2200　**東森新聞政論節目「關鍵時刻」：**
主持人劉寶傑：
我們台灣人喜歡去旅遊，我們特別喜歡去日本旅遊，而這個禮拜來，日本受到了強颱強震的一個影響，讓很多台灣旅客受困在日本，特別是很多旅客，受困在關西機場，而這個時刻，<u>我們看到了大陸，派了 50 多輛的旅行車</u>，把他們的旅客，把他們的遊客，一個一個的給載出來，而這個時候我們在幹嘛？這個時候我們的駐日代表，竟然在發臉書，我們的駐日代表還在算一個 20 年前的政治舊帳。而當，台灣的旅客，坐上大陸所提供的車子，離開關西機場之後，他竟然還受到台灣的冷嘲熱諷，甚至很誇張是，當我們台灣人到了國外，我們受到了危難，我們需要幫助，我們的國家是提不出任何的幫助，給不了任何的一個協助。

黃世聰：
大陸駐大阪的這個總領事館，他們第一時間下達總動員令，（主持人：怎樣的總動員令）也就是說你所有的在外面休假的，全部都回來，同時把你的家屬都帶過來，因為他第一時間判斷，可能會需要非常多人，（主持人：他們已經知道困在關西機場有 1000 個人）對，好，那 1000 個人，我們台灣根本就不知道，它們知道 1000 人後，他們趕快緊急動員，打了所有在大阪，他們當時還能夠聯絡的巴士，說你巴士給我準備好，（主持人：那時候在颱風ㄟ在颱風夜他們還可以調動巴士）對，<u>他們</u>

一共前前後後調動了大概 19 部的巴士,那 19 部的巴士他們有一個要求,就是第一個,你裡面要有飲食,裡面水,飲食都給我放在這裡面,因為他怕說,我們進去載的時候,他們沒有飲食,馬上上車就可以吃,好,他們到那個地方的時候,寶傑,他們進不了機場,因為為什麼,當時已經封閉了,所以他們怎麼辦,(主持人:而且那個橋不是斷了嗎?)對,他們第一時間都在外圍等候命令,只要第一個時間開放,他們就衝進去(主持人:所以他們在那個斷橋的封鎖線外面)對,所以他們當時,一直跟日本的這個官方,一直在協調說,我們到底甚麼時候可以進去,甚麼時候可以進去,所以到時候,這個日本開放的時候,第一個時間進去的,就是中國大陸的車子,中國大陸的車子甚至都比這個日本的車子,都還要早抵達這個地方,結果 9 月 6 日凌晨的時候,已經分六批,所有都載走,還包括台灣 32 個旅客,他們到 9 月 6 日中午的時候,就全部從關西機場離開了。

2323　**自由時報:中國派車進關西機場接人?網媒吹很大**　(編按:揪出假新聞)

中國網媒「觀察者網」報導,中國駐大阪總領事館 5 日派 15 輛遊覽車到關西機場,營救 750 名受困中國旅客一事,有嚴重的浮誇造假嫌疑。據中國官媒「中國網」報導,中國是透過關西機場營運公司將「會說中文」的人集結載運出機場,並非派車入內,國內部分媒體未經查證,白白中了中國統戰圈套。

中國網的日文網頁報導,中國駐大阪總領事館得知有 750 名中國旅客受困後,派員「至機場周邊」收集情報,

並且與日方研究疏運對策。日方在 5 日中午將中國旅客集中，共分 4 批輪運出機場。

……我國大阪辦事處人員也表示，據他們向關西機場營運公司了解，營運公司說，昨天除了公司調度的接駁巴士以外，應該沒有其他巴士能夠進入機場。

關西機場營運公司昨天為疏散在關西機場內受困的旅客，出動高速船和接駁巴士以水陸兩線方式輪運。但因聯外橋梁只開放單行通車，為了防止塞車，所以並未開放接駁巴士以外車輛進入，所以，辦事處人員也無法進入機場。換言之，中國網媒吹噓中國駐大阪總領事館派專車進入機場接人，是一則「吹很大」的假新聞。對此，駐日代表處有官員很氣憤地說：「老共又在統戰」。

9 月 7 日

0317　大公報：中國領館馳援千人關西脫困台胞求助台駐日代表遇冷

內地攜程旅遊社的日本領隊陳鳴憶述，他帶的旅遊團連他本人在內一行 29 人，原定於 4 日上午 11 點 55 分的飛機起程返滬，受颱風影響被困在機場。航機樓外面是一片汪洋，超市和自動販賣機內的食物也被搶空，當天晚上只好把紙箱拆了鋪在地上勉強過夜。

第二天早上，得悉總領事館派車過來接的消息，他說：「當時心情激動極了，饑餓、疲憊緊張的心情立即煙消雲散，此刻作為中國人我感到無比的安全與自豪。第一時間我把這個好消息通知給了客人，好多人開心地歡呼祖國萬歲。」

事實上，中國駐大阪總領館急國人之所急，在得悉關西

國際機場關閉，中國遊客被困的消息後，總領館立刻想方設法，為滯留中國旅客提供支援和幫助。總領館協調國內航空公司增開航班，經由名古屋和東京的機場把滯留大阪的中國遊客送回國。

總領館更聯繫到大客車，在關西國際機場交通略微恢復後，馬上開進機場接出被困的中國旅客，還在車上給大家派發食物。

在各方努力下，截至日本當地時間 6 日凌晨，因颱風滯留的中國旅客 1044 人已分六批安全撤離關西國際機場，其中包括港人旅客 117 人、澳門旅客 5 人和台灣旅客 32 人。

0411 **中國時報：滯留關西機場 陸使館派車救援！台旅客不表明中國人也可搭**

……大陸駐大阪總領事館 5 日派專車接出受困的大陸旅客，包括台灣民眾 32 人。針對此事件，昨日稍早網傳台灣民眾必須先表態「我是中國人」才能搭專車，但坐上專車的台灣旅客澄清說，自己跟隨一對大陸夫婦上車，過程中什麼事都沒發生，也不用表明自己是中國人。

……大陸官媒新華社昨報導，據大陸駐大阪總領事館消息，截至當地時間 6 日凌晨，因颱風滯留在關西機場的大陸旅客已全部撤離，協助因颱風滯留的大陸旅客 1044人，共分六批安全撤離機場，其中包括香港民眾 117 人、澳門民眾 5 人和台灣民眾 32 人。

由於大陸觀察者網引述大陸網友稱，有人在微信朋友圈裡提到，「台灣同胞詢問能不能一起上車，得到的答案是：覺得自己是中國人就能上車」，但隨後就有台灣旅

客否認這樣的說法。

有網友在 PTT 上貼文指出，「完全沒任何人要我們自稱中國人，而這次能受到陸使館幫助，真的非常感恩，如果當時一起受困在關西朋友們，應該能感同身受」

……還有網友提到，他跟著人潮排在往神戶港的隊伍中，被台灣旅客告知，大陸使館有派車來載僅限大陸及港澳台同胞，心想速度比跟其他國家的人一起排隊還快，於是改排坐大陸使館巴士，不過他仍等了 10 個小時才上車，但至少離開關西機場了，且過程中「沒有人要他自稱中國人」。

還有大陸使館工作人員上車調查港澳台多少人，說接到香港辦事處打來關心詢問在場有多少香港人。

0848　三立新聞：

……中國使館派出 15 輛巴士載送受困機場的陸客，此舉引來台灣旅客的不滿，砲轟我國駐日代表謝長廷無作為。

……對此，駐日代表謝長廷請大家冷靜想想，表示若是 9 月 5 日當天，「私人巴士或汽車可以到機場接人，那麼機場一定大亂」，反而無法有效率地疏散。

「所以日本做法是只准出不准進，所有人都是坐機場的巴士或高速船離開機場到泉佐野站（電車有通）或神戶港！」謝長廷也說，根據關西機場 6 日公布的書面報告，5 日一早包括高速船、巴士開始載客至晚上 11 時，總共載了 7800 人，這個人數幾乎超過滯留人數，應該包括陸客 900 人，「可見大家都是搭乘機場安排的交通工具離開機場。」

……根據《北京時間》報導,當時受困機場的陸客王先生還原情形,表示由於機場人很多,橋上不能通過很多車輛,但中國使館經過協商後,機場方面派巴士把持有中國護照的旅客送上車,過橋後再由中國使館的 15 輛巴士接手。王先生也說,其他滯留在機場的旅客只能排隊等搭船。由此可見,陸客也是搭乘機場的交通工具離開機場,再由中國使館巴士分送至車站。

0849　*** 韓媒進入關西機場 / 韓旅客也抱怨:駐日大使館在幹嘛**

南韓中央日報記者 5 日進入關西機場採訪,中央日報日文版報導說,最初被困在孤立機場的旅客及工作人員不只 5 千人,後來估計有 8 千人左右。韓國旅客排隊排到爆炸,也說現場有傳聞中國旅客可以先離開,「韓國大使館在幹嘛。」

……報導說,現場因停電造成的悶熱、睡眠不足、手機不通,即使是以有耐性、守秩序聞名的日本人在宛如地獄般的機場內,也都怒氣沖沖。韓國旅客見到韓國記者訴苦,問「現在我排的隊伍到底是排什麼。」也有人說,現場沒有人以韓文說明狀況。一位韓國女性說,「聽說中國人先離開,大家都在傳中國駐日大使館有安排車輛優先從機場出去,韓國大使館到底在幹嘛,我真搞不清楚。」由於機場停電,用電的免治馬桶不能用,感應式的水龍頭因為沒電,水也出不來。南韓中央日報記者 5 日晚間 8 時半準備離開機場時,聯絡橋大塞車,1 個小時大概只前進 20 公尺,翌日凌晨 2 時半才通過聯絡橋,花了 6 個小時。

1108 **中國時報:駐日代表處粗魯無差別待遇 朱學恒讚謝長廷:放心ㄌ**

……大批台灣旅客受困求救駐日辦事處卻被冷言冷語,消息傳回國內,駐日代表謝長廷立即遭到痛批,網友怒嗆「最差勁的駐日代表處,完全幫不上台灣人」。但從駐日辦事處臉書留言發現,冷言冷語等粗魯對待,連日美外國人士也身受其害。對此,「宅神」朱學恒譏諷表示,「真是一視同仁阿,這樣我就放心」。

朱學恒在臉書表示,「特別要替我國的駐日代表謝小夫說話」。因為謝長廷「他不是只會臉書發廢文和縱容底下官員嗆台灣人,看看他的東京總館底下的外國人留言,原來他們對日本人和別國人也一樣粗魯無禮欸」。譏諷指駐日代表處「真是一視同仁阿,這樣我就放心了」。

不過,網友批評就不迂迴,直白表示「爛透了,真它媽的丟臉」、「在日本住這麼多年,才知道有這個機構」、「誤會小夫了,小夫是在跟外國人展現國威」、「駐外的衙門就這副德行,丟臉丟到國外去了」。

對於外界對駐日代表處批評,謝長廷回應指出,大阪辦事處冷言冷語不應該,外交部已表示要查處。他的網站被灌爆,承受大家憤怒的出口,也沒有關係。

1355 **聯合報:駐日代表處人員態度差 網友投訴:意見箱還上鎖**

……有網友指控向我國駐日代表處尋求協助遭冷漠回應。一名網友稍早也在個人臉書表示,6月初赴日時就親眼目擊一名駐日代表處人員高聲斥責日本洽公民眾,

態度高傲、輕蔑、傲慢無禮，她為此還向駐日代表處投訴。

該網友表示，這幾天駐日代表處服務態度問題又上新聞，雖然不知道是不是她投訴的那位工作人員，但可以確定的是，我國駐日代表處服務態度問題「完全沒有改善」。

該網友還提到，當時她在代表處尋找意見箱想投訴，但設置於代表處角落的意見箱不但被上鎖，也找不到投遞的入口；之後本想就這樣算了，但這個景象讓她久久無法忘懷，過了一個多月才提筆寫信給駐日代表處投訴。

1453　**中央社：**

……謝長廷強調，沒有車子可以進去機場，中國的車子也是要停在 11.6 公里外，在那裡接駁。台灣旅行社也是這樣接駁。問題是，這次有少數自由行，約幾十人，因為駐日代表處也不知道、也無法聯絡上，加上他們要去的地方也不一定相同，所以他們坐了中國的車子。

謝長廷認為，這些人搭上中國車子也是很自然，也沒關係，但不需特意擴大，說出類似統戰言論，好像說「中國行、我們不行」，說拿中國護照是多麼驕傲。

謝長廷說依他個人看法，其實，中國集合中國旅客是因為過去 3 年中國旅客遇到這種事情在機場都發生類似暴動的事。尤其今年 1 月 24 日在東京成田國際機場（千葉縣）跟警察衝突，還霸占登機口、唱國歌，後來中國的大使館出來解決，也覺得那樣不行。

謝長廷說，坦白講這次中國是有進步，中國大阪總領事館的人說「我們有車子喔，大家都來」，中國人就坐在同一班巴士會合，但這巴士也是日本大阪關西機場安排

的巴士，救出旅客都是日本機場巴士，沒有一輛外國巴士能進去機場。包括美國、南韓、英國都無法派自己車子去救出國人，也沒任何人在罵這些國家的大使…

1454　**中央社：民眾赴日遇災求助受氣 外交部要求駐處檢討**

外交部亞東及太平洋司參事張淑玲今天表示，目前無台灣民眾滯留在日本關西機場內，由於急難救助數量龐大，造成民眾觀感不佳的部分，已要求駐處徹底反省檢討改進。

與會的張淑玲表示，目前無台灣民眾滯留在關西機場內。她說，外交部跟謝長廷在災害發生第一時間就立即訓令相關館處要妥善處理，並且持續在督導，外交部會繼續檢討精進，由於急難救助數量龐大，造成民眾觀感不佳的部分，已要求駐處徹底反省檢討改進。

針對中國派專車，張淑玲說，當天能夠從關西機場派車出來的只有機場專車，他國應無法派車進入，可能是由於中國旅行團多，由導遊、航空公司引導中國籍旅客或其他旅客，去搭乘機場所提供的專車，並在距機場 11.8 公里處的泉佐野車站轉搭原來安排好的車輛，或其他所預備的車輛。

她說，關西機場在 4 日是一個孤島狀況，5 日凌晨才開始派車、船運輸旅客，而當滯留旅客轉輸出來後，也有 45 名民眾親自到駐處來，駐處也提供相關援助如簽證、民宿等，但可能還是沒辦法讓每位民眾得到很周到的協助。

1632　** 三立新聞：不只台人怒！駐日代表處態度「日人也傻眼」　狂灌 1 星負評

…近日有台灣人求助台北駐日經濟文化代表處，遭到冷言冷語對待，駐日代表謝長廷更成為箭靶。而其實台北駐日經濟文化代表處這樣的態度，早已不是新聞，甚至就連日本人也遭到差勁對待。

位在東京的台北駐日經濟文化代表處，在 Google 地標的評論上，滿滿是一星負評，除了台灣人，還有許多是日本人的留言。有台灣人表示，去辦駕照翻譯「對方找零錢用丟的」、「不專業、說話快又沒耐心、擺出一副不耐煩的樣子，好像我有虧欠他們似的，讓人感覺很差」、「主窗態度連日本人都說扯」、「態度可以上爆料公社了…」

另外，也有許多日本人毫不留情的表示，「態度非常糟糕，這就是台灣的服務態度？」、「這裡只有四扇窗戶，主窗戶裡的女人很可怕」、「態度非常糟糕」、「這裡的工作人員因其態度惡劣而出名」，不分台日網友都認為，「這個女人不能代表台灣人」。

而相關話題發酵後，甚至有網友表示，當時想找代表處的意見箱投訴，沒想到意見箱被上鎖，也找不到投遞的入口，讓他相當傻眼。

網友見狀後紛紛表示，「真的是丟臉丟到國外」、「連日本人都看不下去」、「裡面有個女的一直被靠北，真想知道是誰？」認為台灣的外交處境已經如此艱難，這樣的態度急需改善，盼望第一線人員能夠為台灣留下好的印象。

2000　中天新聞政論節目「新聞深喉嚨」：

主持人平秀琳：

在我們駐日代表處的相關作為當中，似乎沒有看到可以對旅客有具體的幫助，764 位的旅客受困在機場，25 個旅行團，在這個當中，我們的駐日代表謝長廷做了甚麼？他在 9/5 關西機場已經關閉了一整天大家在想辦法要離開關西機場的這個時刻，也就是中國大陸的大阪的領事館派出專車，協助旅客脫困的這一天，我們的謝長廷在他的臉書上面發文的是，是批評在野黨

鄭麗文：

剛剛在講我們的駐日代表處，這一次被罵翻了，你去看他的網站，不是宅神又跳出來罵嗎？說我們的駐日代表處不適現在才這樣，所有的日本人都罵翻了，所有，在外國人在日本的代表處裏頭，名聲最臭的，就是台灣駐日代表處。服務態度惡劣，非常的官僚，所有的日本人要去，我們那邊辦個簽證要幹嘛，說裡面的服務人員的態度都非常惡劣，我們已經是在日本惡名昭彰了，自從換了謝長廷去做駐日代表之後，我們在日本是已經臭掉了，以前是不會的，以前我們的白金台站是沒有這種名聲的

2033　* 中央社：旅日遊客關西機場受困後返台 感覺像逃難

颱風燕子 4 日侵襲日本，關西國際機場淹水癱瘓，一群宜蘭縣旅客在受困兩天後，昨晚終於回到台灣，其中 34 歲許姓女子說，感覺「真的是逃難」。

住在宜蘭的許姓女子與 37 歲吳姓丈夫、2 名小孩、一名女性友人和另一名小孩 8 月 31 日前往日本大阪自由行，

原定 4 日返台，卻因颱風打亂行程，當晚受困關西機場。許女接受中央社記者訪問時，說明一行共 3 名大人與 3 名小孩受困及返國經過。

她說，日本 3 日訊息指出，颱風侵襲，鐵路運輸 4 日中午後停止服務。原訂班機是 4 日晚間起飛，但擔心運輸中斷，當天上午提早到機場等候。

許女說，結果航空公司下午宣布取消班機，眾人臨時搶訂旅館，加上機場停水、停電，情況混亂。

她說，機場附近旅館客滿，加上機場大廳到處是旅客，日方當晚開放第二航廈一家機場旅館宴會廳，讓滯留旅客打地鋪過夜。她的丈夫與來自中國大陸的旅客聊天時，得知陸方將派巴士接中國籍旅客。

許女表示，中國官方人員 5 日到旅館詢問「誰是中國同胞」，打算查看護照、過濾身分後，安排搭車離開。他們硬著頭皮去問「台灣人可以嗎？」中方人員委婉說「謝謝」，未正面回覆便離開，讓許女一行碰個軟釘子。

許女說，後來一名中國旅客邀他們「一起上車」，他們就跟著排隊等車。後來其實中方人員也發現他們口音不同，「可能是那種情形下不忍心，就放水通融」，中方工作人員未刁難、未查看護照，就讓他們上車，還說「行李我來拿，您顧好小孩」，讓她覺得很感動。

許女表示，他們一行 5 日上午 11 時開始等車，下午一時坐上車、2 時發車離開後，雖鬆一口氣，但機場聯外高架道路受損，日方每半小時開放一批車輛通行，原本到泉佐野只要 30 分鐘車程，結果巴士行駛 5、6 小時才抵達泉佐野車站，再搭車到新大阪車站已是晚間 9 時。精

疲力盡下，幸運還有旅館可棲身過夜，昨天上午再搭新幹線到東京，下午搭機返台。

她說，中方除安排巴士在關西機場接旅客到泉佐野，還安排 15 輛大型巴士在泉佐野等候，供旅客轉乘到神戶、京都、大阪與新大阪等地，讓她覺得「真的做得很足夠」。

以深綠支持者自居的許女表示，滯留機場期間，沒遇到台灣駐日單位提供任何實質協助或關心，這次受到中方協助，雖不會改變她的政治立場，但她已對中國大陸改觀，很感謝中方在災難時刻伸出援手。

她說，日本是先進大國，遇天災仍顯應變能力不足，機場斷水、斷電、無通訊，導致廁所惡臭、商店食物和飲水被搶購一空，航空公司也因停電無法用電腦系統更改機票或重新訂票；當她幸運搭巴士離開機場，看著仍有滿滿旅客留下，「實在很心酸」。

在許女以半開玩笑口吻說「大陸祖國好給力」的同時，她的丈夫跟許多網友一樣批評台北駐日經濟文化代表處代表謝長廷不夠關心受困的台灣旅客。

許女的吳姓丈夫說，颱風癱瘓關西機場隔天，謝長廷在社群網站臉書（Facebook）發表與巴拉圭新任駐日本大使會面和批評中國國民黨的文章，卻看不出來有關心滯留在日本的台灣旅客。

2039　TVBS：獨家／親自飛北海道滅火　謝長廷駁罵聲：罵我要具體

對於大陸巴士接送旅客，及台人打電話到駐日代表處卻遭冷漠處裡，謝長廷對此表示非常遺憾，同時為駐日代

表處同仁緩頰，指出駐日代表處需要處理相當多事務，當天飛機停飛，所有人困在機場，「沒有一個國家有辦法救」，都是由日本統一安排，因此沒有什麼大陸巴士。另外謝長廷表示，如果駐日代表處沒救到人、服務不佳，可以道歉，但希望大家對同仁要公平，「北海道這 3 個人不眠不休，再給負面的他們很傷心」，也說他們只有 2 個正式員工、3 個雇員，服務不周盼大家包涵。目前因日本避難所被嫌棄像難民，正在爭取飯店讓台灣旅客有地方休息，明日華航將派兩架班機、約可載 500 名旅客，廉價航空則還在爭取。

同時謝長廷也說當時自己人在東京，離關西距離 572 公里，此事應由大阪辦事處分工處理，對於外界指責他沒做事，表示不介意大家將怒火發在自己身上，但「外交部的權限，哪一點對不起台灣利益你們說」，認為要罵他要講具體，「坦白講罵我的祖宗不應該，我也沒有這個義務接受大家這樣罵」，坦言自己有盡責外交事務，當初被薩爾瓦多斷交，日本國會的幹事長立刻表示支持我國，這都是他們平常努力的結果。

2100 **東森新聞：求助無門！台灣遊客抱怨駐日人員「態度不佳」**

……有台灣網友指出，事發當天打電話到我國辦事處詢問「哪裡可以提供住宿？」，沒想到對方卻冷回「你要住哪裡是你們的選擇，我要怎麼幫你找住宿？」，這種狀況連日本人都有感，有人說打電話過去，男性員工的態度傲慢，還有人說一名在接待處的女性態度非常糟糕。

外交部亞東及太平洋司參事張淑玲：「一方面是當天急難救助是比較緊急，然後來洽詢的狀況也比較多，但是這個應對若有不當，造成國人有冷漠感的部分，我們還是要深切反省。」只是民眾抱怨的不只態度問題，還有人說同樣是到日本旅遊，大陸遊客卻有接駁巴士。

……張淑玲：「團客的話本來旅行社就是有車子，本來就是預期到機場去接了，機場進不去，他們一定會在機場附近做準備，問題是出在自由行的散客。」外交部出面一一澄清，事後也緊急協調航空公司，提供受困日本的台灣人相關交通接駁服務。

只是駐日代表處被投訴態度不佳，早就不是第 1 次，看到第一線的辦事人員很大聲的質問那些來洽公的日本人，說你到底要用什麼名義辦，請你先搞清楚吧，我剛已經說過了啊，你到底是想要怎樣，當場我跟我的一些日本朋友，我們看到都覺得很驚嚇。

投訴民眾感嘆，台灣的外交處境，已經如此艱難，日本雖然不是台灣的邦交國，但仍是少數對台友善的國家，畢竟身為 台灣第一線人員，如果無法維持基本禮貌，重創的還是我們的國家形象。

2338 中國新聞網：南航大阪站站長：越是危難時刻越能感受到祖國的溫暖與強大

喬龍說，中國各航空公司與中國總領館平時聯繫比較密切，於是就馬上在工作交流微信群裡把這一情況反映給了中國駐大阪總領館，總領館高度重視，一邊暸解情況，一邊準備應對方案，同時叮囑要安撫好旅客情緒，儘量解決旅客困難。「感覺沒過多久，總領館就告訴我們已

準備好了大巴，會儘快把中國旅客轉移出去，5日上午大巴就來接人了」，喬龍告訴記者。

喬龍回憶道，當得知這個消息後，中國旅客都顯得既感動又興奮，而在整個過程中，也聽到很多旅客講「作為中國人感到很自豪，對中國政府和總領館的工作很放心，很安心」之類的話，還有很多旅客用手機記錄下許多感人的瞬間發到網上。喬龍在機場工作，深知短時間內調來這麼多大巴而且順利進入交通受阻的機場並非易事。他對總領館的效率如此之高，行動如此之快頗為感動。

2247　＊風傳媒：駐日代表處不只激怒台灣人！日本人狂灌負評：工作人員以態度惡劣出名

天災重創日本，滯留在日本的台灣人赴台北駐日經濟文化代表處求助，卻反遭到冷言冷語對待，引發爭議。不過，對台北駐日經濟文化代表處不滿的可不只台灣人，代表處的差勁舉止，連日本人也有感。位在東京的台北駐日經濟文化代表處，在 Google 地標的評論上滿滿是負評，除了台灣人，還有許多是日本人的留言。有台灣人表示，去辦駕照翻譯「對方找零錢用丟的」、「不專業、說話快又沒耐心、擺出一副不耐煩的 子，好像我有虧欠他們似的，讓人感覺很差」。

9 月 8 日

0059　＊＊ETtoday：態度差到日本人也怒了！駐日代表處「負評灌爆」　深夜急關評論功能

日本近日連續遭逢風災與震災，卻傳出有民眾求助外館遭冷漠對待，讓駐日代表謝長廷成為眾矢之的。事實上，

台北駐日經濟文化代表處人員態度差勁的程度，就連日本人也看不下去，在 Google 地圖評論中留言罵，「這就是台灣的服務態度？」事件發酵後，駐日代表處 7 日深夜悄悄關閉評論功能，網友紛紛湧入另一個「駐日代表處台灣文化中心」頁面留言，狠酸代表處「丟臉」。

台北駐日經濟文化代表處位在東京都港區，Google 地圖評論中共有 71 則評論，其中有許多負評是在此次風災前幾個星期就已經留下。從評論頁面中可見，網友大多都給一顆星負評，而且不只有台灣網友留言，就連日本網友也遭到差勁態度對待，氣得上網大罵，甚至有日本網友認為，這樣的態度根本是「落後國家」才會出現。

1104　中央社：謝長廷協調華航 1100 個機位 助國人離開北海道

日本北海道 6 日凌晨觀測到規模 6.7 強震，新千歲機場關閉後昨天重啟國內線，今天重啟國際線飛航。駐日代表謝長廷與華航協調機位，調度到 1100 個機位，搭載滯留北海道國人返台。謝長廷昨天抵達駐札幌事處，並在辦事處過夜，上午對中央社記者表示，聯絡機位的問題直到凌晨，華航有下午 3 時、7 時 15 分、7 時 45 分等 3 班次共 1100 個機位可載送國人返台，下午 7 時 15 分這班是飛往高雄。

謝長廷說，原本估計 700 名國人旅客滯留北海道，但後來發現有很多是自由行的旅客，但這部分人數無法估算。

一名在札幌辦事處的自由行女性旅客就說，買廉航的人就得自力更生，還好她已訂到下週一的機票。

謝長廷表示，希望華航或虎航明天能再增加一班，華航已將這項意見列為優先考慮。華航很有誠意，今天開三班之外，還擔心北海道食品不夠，特別從台灣載來食品，他非常感謝。

1656	**中央社：駐日代表處挨批 吳敦義：忙亂中難免較不周延** 吳敦義受訪表示，從新聞報導得知，駐日代表處或許在服務國民的前階段時，有比較不周延和不快速的狀況，這是難以避免的問題，不能完全歸咎於駐日代表處，因忙亂中難免有些效率不夠令人滿意的地方，該改進就要改進。 媒體詢問謝長廷是否適任作駐日代表，吳敦義說，他不便作評價，因為他對駐日代表處沒有很多接觸，這應該是行政院和外交部必須關切的問題，而不是由他做評價。
2246	**中央社：日本北海道 6 日凌晨發生強震，札幌新千歲機場一度關閉，許多旅客滯留當地。一名台灣旅客在臉書貼文陳述駐札幌辦事處人員全力協助滯留的台灣旅客，包括接聽電話、準備食物、行動電源等，真是辛苦了。** 與妻子一同赴北海道自由行的台灣旅客陳世宏接受中央社記者越洋訪問時表示，原訂 7 日返台的飛機，因發生地震被迫取消，目前已重新訂到機票，將於 10 日搭機返台。他說，當地電力、交通系統都已經恢復，速度很快。

9 月 9 日

1617	**中央社：外交部：北海道地震滯留旅客已全數返台** 日本北海道 6 日凌晨發生強震，札幌新千歲機場一度關

閉，外交部今天表示，地震造成台灣 700 餘名旅客滯留當地，駐處協助協調機位，目前候補旅客均全數登機返台，已無滯留旅客。

外交部下午透過新聞稿表示，地震發生後駐札幌辦事處立即啟動緊急應變計畫，並成立緊急服務中心。截至今天下午，共計接獲 160 餘通救助電話，協助求助的台灣人超過 120 人，並協調超過 1100 個機位，目前候補旅客均全數登機返台，已無滯留旅客。

⋯⋯外交部說，地震發生後，外交部及駐日代表謝長廷在第一時間即全面關注災情，並緊急調派駐日處兩人攜帶照明設備及充電器等前往北海道支援。謝長廷也隨後趕赴札幌，慰問受困民眾、安定旅客情緒及強化應變措施，同時協調航空公司增派班機。

9 月 11 日

聯合報：舉行風災檢討 謝長廷籲不要過度政治操作

駐日代表謝長廷昨日在代表處召開臨時處務會議，進行關西風災與北海道地震的應變救助檢討，今接受媒體訪問說明檢討情形。<u>關於關西機場接駁一事，有台灣人搭上中國大陸的接駁車是事實，對此表示感謝</u>；但在這件事情中也有很多假的資訊，他也認為沒有必要進行過度的政治操作宣傳。謝長廷也反駁他沒有神隱，只是行程沒有公開。

⋯⋯謝長廷說，外界質疑駐日代表處都到底在幹什麼？有必要對外 明：以東京駐處的領務組為例，去年每個月平均服務量達 3000 件，內容包括遺失護照、錢包、尋人、急病、死亡、車禍、犯罪、被害，還有認證、簽証

等等，有些不是一天或在辦公室可以完成，必須遠至東北縣域，奔走於醫院或看守所之間，備極辛勞，也接到不少感謝的電話或書函。

當然也有不滿的反應，包括申請不順利或抱怨態度不善等，但公務員也有尊嚴，不能有人檢舉便懲處，基本上都是先相信檢舉人而加以調查，像最近在網路出現的 7 月投書，指公務員用日語飆罵洽公的日本民眾、以及去年十二月投書稱有公務員執勤打瞌睡，經過調查發現與事實不符，這點也要還工作人員公道。

謝長廷表示，關於關西機場接駁的爭議，大阪領事館確實派車去接駁團客 750 人，台灣有一部分自由行民眾搭上中國大陸的便車，這是事實，要表示感謝。但是無須進行超過以上的政治操作宣傳，包括中國護照才有力量等，這都無關。針對中國大陸的做法，代表處也進行了檢討，當時確認沒有台灣團困在機場裡面，至於困在其中的幾十位自由行散客，代表處真的很難掌握字油迎民眾的行蹤。不過，自由行民眾很需要資訊，代表處能提供什麼服務可以再討論⋯

9 月 12 日

1653　**中央社：趁日本颱風對台進行輿論操作 日媒揭中媒假面**
日本產經新聞報導，大阪關西機場受到颱風燕子的影響有 8000 名旅客受困，網傳中國派巴士進入關西機場優先救出中國客，與事實有出入，這可能是對中國國內及台灣的輿論操作。

產經新聞發自北京的報導指出，社群網站（SNS）有人放消息指「中國大阪總領事館準備了巴士進入關西機

場，優先救出了中國人」，消息在中國的網路上擴散，有人讚美「偉大的祖國」，並向台灣的旅客展現優越感，但這消息的核心並非事實。

大阪關西機場4日受到颱風燕子的影響，一條跑道淹水，加上郵船撞毀這座人工島的對外聯絡橋梁，機場內旅客受困，關西機場營運公司5日起用高速船和巴士將受困旅客疏散到機場島外，當時受困的中國旅客約1000人。網路有人留言「駐大阪中國總領事館準備15輛大巴士讓中國公民優先從關西機場避難」，中國智庫也參與的新聞網站「觀察者網」也以引用網路投稿的形式訊息，指出在「自認是中國人」的條件下，台灣人也能搭車，中國的官網也轉載這訊息。

在台灣，抨擊執政黨沒做到像中國那麼周到的聲浪高漲，台北駐日經濟文化代表處代表謝長廷（駐日大使）在社群網站SNS說明，並否認中國有派巴士進到關西機場。台灣媒體認為中國釋放的訊息是假新聞。

產經新聞報導，關西機場公司的公關負責人明白指出，「中國總領事館派巴士進關西機場用地內，這絕非事實」、「其他國家的領事館也提出同樣的要求，但這會引起混亂，所以全拒絕了。」

中國駐大阪總領事館官網指，5日上午11時30分開始集中載出中國旅客，一共分6批載出，直到6日清晨完成。產經報導說，這和關西機場營運公司載出一般旅客時間其實沒差很多。

總結關西機場和中國方面的說明，一般旅客是被載到機場島對岸的南海鐵路泉佐野車站，但為了避免混亂，

讓中國旅客搭的巴士在泉佐野市內的購物中心停車場下
車，再改搭中國準備的巴士到大阪市內，這樣的作法卻
被中國誇大、傳播。

產經報導，有一名住在北京的台灣男性表示，這是中國
動搖在海外遇災的台灣人不安心理的一種巧妙的宣傳手
法。

9 月 14 日

1204　中央社：7 月剛赴任 大阪辦事處處長輕生

7 月剛上任的駐日本大阪辦事處處長蘇啟誠今天上午在
寓所被人發現疑似上吊身亡，駐日代表謝長廷聞訊已趕
往大阪瞭解情況。

據消息人士說，蘇啟誠今天沒有如常到辦事處上班，秘
書前往他的寓所查看時，發現他似乎是上吊輕生，已經
沒有生命跡象。他先前擔任駐那霸辦事處處長，7 月調
到大阪，單身赴任。

政府駐日 6 個館處的主管，原定明天要在大阪召開會議，
議程包括檢討最近關西機場受颱風侵襲時，駐日官員因
應台灣旅客受困的作為。

中天新聞政論節目「新聞龍捲風」（見本書 P67）
大阪辦事處處長輕生　綠營集體究責又口徑一致內幕？
謝長廷開檢討會前夕　大阪辦事處處長蘇啟誠輕生！

9 月 16 日

自由時報：

……僑務委員、律師張雅孝表示，蘇啟誠過世前一晚曾
和他通過電話，希望協助追查假新聞的來源。張雅孝透
露，關西機場風波後，蘇啟誠一直遭到疑似特定人物的

放話攻擊和騷擾，蘇有留下部分通話記錄，兩人約好隔天當面詳談，但卻遲了一步。

蘇啟誠的家人十四日晚間趕到大阪後，在駐日代表謝長廷和辦事處人員協助下，遺體已從豐中警察署轉到葬儀會館安置。

愛知大學國際問題研究所昨天在大阪合辦了一場「台灣為何要南進、南向」的時局論壇，邀請台大名譽教授鄭欽仁、中研院副研究員吳介民及政大教授薛化元等人發表專題演講，蘇啟誠原定也要出席，與會的學者、來賓臨時更改議程為蘇默哀。

論壇主辦人之一的愛知大學教授黃英哲表示，他旅居日本已有三十二年，接觸過不少職業外交官，蘇啟誠是相當負責且真正想做事的職業外交官。黃英哲說，大前天晚間蘇還打電話給律師張雅孝，希望他協助追查假新聞的來源。

張雅孝也表示，颱風發生後蘇啟誠曾和他見面，尋求法律上的協助，大前天（十三日）兩人通電，約好隔天上午十點見面。

但十四日上午九點五十分張雅孝致電辦事處，發現蘇啟誠並未出勤，下午一點就傳來不幸的消息。張雅孝表示，蘇啟誠希望他調查近日來不斷對他騷擾和攻擊的人，但有些通話記錄已刪除。蘇啟誠曾告訴張雅孝，打電話的似乎都是同一人，說話口音很相似，放出假消息的也是同一人，很可能也是寫假新聞人；不過寫文章的人是女性，打電話來的則是男性。

9 月 20 日

蘋果日報：蘇啟誠生前報告曝光 自省「有愧職守 坦然受處」

……大阪辦事處 10 日傳回外交部的檢討報告昨曝光，蘇在內容中坦承「本處欠缺高度警覺心」、「損及鈞部形象及政府整體信譽，本處蘇啟誠處長未能採取適時、適切對應措施，深感有愧職守，願坦然受處。」不過，外交部不願評論報告內容，並稱「對外界無端指控深表遺憾。」

這份檢討報告包括電文 1 頁、附件 4 頁，共 5 頁。報告特別說明 4 日關西機場關閉後，陸方派員、派車前往關切陸客一事，指出機場因應颱風來襲宣布下午之後關閉，在此之前即有多批大陸旅行團已抵達機場，人數達 750 人。5 日上午大陸航空公司人員乃將大陸、港、澳及 32 名我國籍旅客集合後搭乘機場接駁巴士至 11 公里外泉佐野車站。

報告強調，大陸對外宣稱巴士是大陸駐大阪領事館提供的。事後經了解係免稅商店為招攬客人派車將旅客送往大阪市中心。由於大陸籍旅客眾多，陸駐阪人員確有派員前往泉佐野車站關切。「本處未派員前往車站或港口關心國人，讓國人有感，難辭其咎。」報告並稱，陸方駐阪人員主動前往向脫困後旅客致意，本處欠缺高度警覺心，未即時派員前往關心、慰問致遭批評，本處將以此為教訓，今後將採取更積極、主動作為，讓國人感受到政府的關心。結語部分，報告指，颱風造成滯留國人束手無策，本處因未能及時提供滿意協助，指責本處同仁服務態度不佳，輿論趁勢大肆撻伐，嚴重損及外交部

形象及政府整體信譽,「本處蘇啟誠處長未能採取適時、適切對應措施,深感有愧職守,願坦然受處。」不過,檢討報告完成後,蘇卻於 14 日在大阪住處輕生。

0546 **中央社:蘇啟誠家屬藉臉書謝各界弔唁 友人感念**

駐大阪辦事處處長蘇　誠 14 日在大阪寓所輕生,家屬已幫他處理好後事,19 日晚間透過他的臉書以日文發文,感謝各界弔唁。

蘇啟誠的親屬透過他的臉書以日文發聲明寫道:「致蘇啟誠處長的親友們:誠摯感謝各位在百忙之中,不斷捎來弔唁。因事發突然,身為家屬的我們心情尚未平復,只能告訴自己,這一切都是天命。雖是短暫的人生,但能帶著與各位的快樂回憶逝去,相信他也能接受這一切吧!」

文中還寫道:「我們覺得他和壽終正寢的人一樣,度過了充滿喜怒哀樂的充實人生。當大家齊聚時,若能讓他一同為伍的話,他也能功德圓滿順利成佛。」

聲明上傳臉書後,有許多台日友人留言致哀。有人寫著:「難過、不捨,請老師無罣無礙到西方極樂世界」、「蘇處長的人格和情操永存吾人心中」。

12 月 21 日

0660 **自由時報:我駐大阪辦事處長蘇啟誠因假消息輕生? 遺孀:只是起因**

我駐大阪辦事處長蘇啟誠九月在關西機場事件後自戕身亡,外界普遍歸因於假消息間接導致處長備感壓力,並傳出蘇輕生前接獲外交部懲處通知。蘇啟誠遺孀昨透過電視台(東森)發表聲明,表示假消息只是起因,蘇在

遺言中並無提及，而是因「覺得遭到羞辱」，才決定以死明志。

…本案始於有網友在 PTT 發文，指責駐大阪辦事處接電話態度差，另有人造謠指出，台灣旅客靠著中國駐日使館派出的巴士才脫困，事後證明中國並未派車。警方查出批評電話態度的貼文者「GuRuGuRu」是台北大學游姓大學生，依社維法函送，南投地方法院根據證據判定不符社維法要件，裁定免罰。

外交部對該判決表示無法接受，駐日代表謝長廷也發表言論說，游生向法院承認沒打這通電話，真相大白，「一切都是造假」。

蘇啟誠遺孀昨接受電視台訪問，並發表聲明指出，「某些政治人物」與外交部將蘇啟誠輕生歸咎到一名大學生發出的假消息上，家屬認為有辱先生名譽，因此出面澄清。

家屬聲明強調，蘇處長絕無憂鬱症，遺書內容並未提及假新聞造成的壓力，而是在完成上級交代的檢討報告後，表明「不想受到羞辱」，以死明志。聲明也澄清，僅有家屬手中保留手機通聯紀錄與手寫遺書，外界諸多說法是刻意誤導視聽，且有卸責之嫌。

蘇太太昨指出，假消息只是事情起因，如同法院判決所說，與蘇的死沒直接因果關係；蘇太太說，在蘇啟誠輕生前兩天曾通過電話，電話中提到可能會被調回國，蘇啟誠僅表示，「沒有辦法忍受這件事」。她認為蘇啟誠身為職業外交官，可能被調回國，是「職業生涯無法承受之重」。

……蘇太太說，任何道歉都換不回蘇啟誠這條命、都是多餘的，只希望這件事能儘快平靜下來，然後「不要誤導大家就好」。蘇太太說，希望未來能檢討對待外交官的方式，給一點基本的尊重，畢竟培養一個外交官不容易，毀掉卻輕而易舉。

1005 **聯合報：大阪辦事處前處長自殺 蘇啟誠遺孀：非因假新聞 是以死明志**

……駐大阪辦事處前處長蘇啟誠自殺身亡，在過世近百日之際，他的遺孀昨出面接受東森新聞獨家專訪，並發出三點聲明，強調蘇啟誠生前並無憂鬱症，遺書內容只有家屬看過，其自殺並不是受到假新聞壓力、而是以死明志，且外界諸多說法是刻意誤導視聽，有卸責之嫌。

聲明應針對一直以來外界揣測蘇啟誠自殺，是因為中國大陸派車自機場接走陸籍旅客的假新聞說法而來，也可被解讀似是反駁駐日代表謝長廷最近的臉書說法。謝長廷前天在前臉書上發文，點名台北大學游姓學生是法院認證的造謠者，而游也已承認沒打電話到辦事處，「真相大白，一切都是造假」；謝並說，「應該要還給第一線工作的外交人員一個公道」，感嘆「即便真相大白，蘇前處長遺書也說遭受外界批評甚為痛苦。」

對於家屬昨天的聲明，謝長廷與外交部相同口徑，僅回應無從求証和評論，尊重家屬。此外，外傳蘇自殺前一日接到外交部通知告知懲處內容，包括蘇被調回外交部且記一小過，大阪辦事處全館人員今年度考績丙等。惟此消息未獲證實…

12 月 21 日

0500　蘋果日報：真相大白 不甘記過羞辱 蘇啟誠自殺 遺孀首發聲明「遺書未提假新聞」

……《蘋果》昨取得獨家消息指，蘇自殺是因開檢討會前一天接到外交部電話，告知蘇將被調回外交部、記一小過懲處，並「預告」辦事處全館人員年度考績丙等，讓蘇無法接受，發生憾事。

蘇遺孀說，蘇啟誠的「遺書之內容只有我們家屬看過，其中並未言及假新聞造成之壓力」，也說他絕無憂鬱症，「家屬手中有保留蘇的手機通聯記錄及手寫遺書，外界諸多說法，是刻意誤導視聽。」且有卸責之嫌，並強調蘇「在最後蒙受他人強加之汙點，因而選擇自裁捍衛自己之名譽。」遺孀並指部分政治人物、媒體有不當批評擊恣意誤導模糊事實真相，損及蘇啟誠名譽，也請社會各界朋友還給家屬一個平靜、安寧之生活。

…在蘇啟誠輕生後，當時外交部曾傳出要將蘇調職，改由台灣日本關係協會秘書長張淑玲接任處長，外交部當時稱，在謝長廷召開檢討會議後沒開前，不可能換人。但據可靠消息人士透露，當下為了平息民怨，外交部就決定拔官蘇啟誠、懲處大阪辦事處所有人員。《蘋果》昨也取得獨家消息指，蘇自殺是因開檢討會前一天接到外交部電話，告知蘇將被調回外交部、記一小過懲處，並「預告」辦事處全館人員年度考績丙等，讓蘇無法接受，發生憾事。

…據指出，外交部這項懲處檢討定案後，隨即向總統府報告，原本想藉此平息民怨風波，沒想到蘇啟誠自殺，懲處內容也隨即喊卡。政府相關部門也將此事件導向假

新聞，並控告網友。謝長廷甚至也親自檢舉 PTT 的發文者，南投地院日前也查出了一名游姓大學生造謠，當時謝長廷還說：「真相大白，終於還給蘇啟誠清白。」外交部昨表示尊重蘇遺孀說法。

---

12 月 25 日

0600　自由時報：蘇啟誠案 外委會要謝回台報告

我駐大阪辦事處長蘇啟誠輕生後風波不斷，外交部對於有關懲處與考績等報導均否認，駐日代表謝長廷也屢次開砲，批評國民黨包庇造謠者。立法院外交國防委員會昨通過臨時提案，針對此案成立調閱小組，並要求謝長廷回台進行專案報告。

⋯外交部則多次澄清，表示絕無懲處、考績或該通電話等事情。外交部長吳釗燮昨在立院受訪強調，「我沒有授權、授意或要求任何人打任何的電話」。外傳撥電話者台日協秘書長張淑玲也出面澄清「絕無此事」，並強調願意提供該段時間內所有電話、社群軟體與電郵等通聯紀錄，授權外交部調查。

⋯外交國防委員會昨繼續審查外交部預算，吳釗燮姍姍來遲。國民黨立委曾銘宗在吳進入會議室時，大吼「你的代表還在卸責！謝代表你管不動是不是啊！」吳釗燮受訪時說，他上週已經要求所有外館館長「謹言慎行」。多位國民黨立委發言批評謝長廷後，接著提案，指外交部至今沒有詳細說明與大阪辦事處溝通過程及內容，由於事關職業外交官尊嚴及外交部處理是否失當，提議由外交國防委員會成立調閱專案小組，並請召集委員儘速排定議程，邀請外交部長、駐日代表謝長廷及相關人士

到外委會進行專案報告。提案在民進黨立委不反對下順
利通過。

2019 年 3 月 4 日

日本NHK對此事件的總結：假新聞的警訊（見本書P.73）

附錄二、監察院調查報告 / 糾正 / 不同意見

● 調查報告

類　　別	調查報告
審議日期	108/05/22
公告日期	109/11/26
字　　號	108 外調 0002
案　　由	江綺雯委員及仉桂美委員調查：據悉，107 年 9 月燕子颱風侵襲日本關西地區，我國民眾因關西機場封閉受困當地，並責難外交部駐大阪辦事處官員接聽急難救助電話之態度不佳、未如中國大陸大使館派車接人等處置，肇致駐大阪辦事處之應變處置措施飽受批評；嗣經外交部證實，該辦事處處長蘇啟誠於同月 14 日清晨在大阪官邸輕生。究外交部及其駐外單位針對緊急救災資源人力整體調度情形如何？有無相關標準作業流程及有效整合機制？為避免我國駐外單位因類此緊急事件，卻無完善之危機處理流程可供依循，有無不公平對待或權責失衡等之問題？均有深入瞭解之必要案調查報告。

● **糾正案文**

類　　別	糾正案文
審議日期	108/05/22
公告日期	108/05/29
字　　號	108 外正 0001
案　　由	江綺雯委員及仉桂美委員提：燕子強颱侵襲關西機場期間，駐大阪辦事處(下稱大阪處)陸續面臨 107 年 9 月 4 日下午臨時停班公告、9 月 5 日中國駐阪總領館是否派車進入機場接送中國籍旅客及我國旅客隨同上車者是否要承認是中國人、9 月 6 日凌晨 0 時 32 分許國人旅客撥打大阪處急難救助專線卻於 PTT 發文表示態度冷漠及訕笑是否屬實等外界質疑，外交部未積極多方查證並釐清相關疑點，僅跟隨媒體報導及網路流言風向，以一通無法確認通話內容之電話即認定大阪處服務態度不好，而對外表示要求大阪處應嚴肅檢討改進，且未先要求交「事件經過報告」即令大阪處提出疏失檢討報告，復經檢視該「檢討報告」蘇處長於 9 月 8 日手寫初稿與陳報外交部之版本，發現有修改過，內容前後相去甚遠，且修改後之檢討報告中有「虛心接受鈞部懲處」、「難辭其咎」、「蘇啟誠處長……深感有愧職守願坦然受處」等語。

江綺雯委員及仉桂美委員提：燕子強颱侵襲關西機場期間，駐大阪辦事處(下稱大阪處)陸續面臨107年9月4日下午臨時停班公告、9月5日中國駐阪總領館是否派車進入機場接送中國籍旅客及我國旅客隨同上車者是否要承認是中國人、9月6日凌晨0時32分許國人旅客撥打大阪處急難救助專線卻於PTT發文表示態度冷漠及訕笑是否屬實等外界質疑，外交部未積極多方查證並釐清相關疑點，僅跟隨媒體報導及網路流言風向，以一通無法確認通話內容之電話即認定大阪處服務態度不好，而對外表示要求大阪處應嚴肅檢討改進，且未先要求交「事件經過報告」即令大阪處提出疏失檢討報告，復經檢視該「檢討報告」蘇處長於9月8日手寫初稿與陳報外交部之版本，發現有修改過，內容前後相去甚遠，且修改後之檢討報告中有「虛心接受鈞部懲處」、「難辭其咎」、「蘇啟誠處長……深感有愧職守願坦然受處」等語。

如蘇處長內心真接受上開自我扛責用語，應不至於在3日後(9月13日晚間)回到官邸自盡，顯可能承受外人所不知之上級壓力，外交部迄今仍認為是假新聞壓力造成蘇處長輕生，卻仍未查明係何人強令蘇處長提出檢討報告並對其加諸羞辱性之言行，亦無任何人為此負責，核有重大違失。又駐日代表謝長廷(下稱謝代表)以駐日六處各有轄區及東京與大阪相距572公里為由未前往大阪，卻於107年9月7日至1千多公里外亦非其轄區之北海道協助地震救災，顯然對大阪處之協助非不能也，是不為也。

謝代表當日接受媒體專訪時表示「大阪不歸我管」、「如果有錯，大阪辦事處應該道歉」等語，將源自媒體輿論之責難壓力全面引導轉至大阪處，核與〈駐外機構組織通則〉第6條第1項第2款所定代表處館長對辦事處館長有指揮監督權不符，且對其指揮監督權之運用顯有偏頗；及其動輒未經外交部授權或同意，逕以個人身分經由臉書或接受媒體訪問對外公開發表有關職務之言論，顯違公務員服務法第4條第2項之規定，外交部吳部長表示雖多次提醒謝代表並要求謹言慎行，惟仍未見改善，外交部為駐日代表之上級，卻放任其言行，未依法處置，亦顯有違失，爰依法提案糾正。

● **其他監委不同意見新聞稿**

針對江委員和仉委員調查 107 年 9 月燕子颱風侵襲日本關西地區造成的國人的不便，以及事後大阪辦事處蘇處長輕生之不同意見書

日期：108-05-23

針對江委員和仉委員調查 107 年 9 月燕子颱風侵襲日本關西地區造成的國人的不便，以及事後大阪辦事處蘇處長輕生；調查意見內容多為揣測之論，係先射箭再劃靶。

1. 調查意見一認為外交部以一通無法確認的通話內，就認為大阪態度不佳而表示要大阪處檢討改進，缺乏事實基礎。但是大阪處確實於 9 月 6 日深夜接獲民眾求助電話，詢問是否可以代訂電話。但接線的工作同仁表示，無法幫忙代訂旅館，請自行上網尋找及訂購。此通電話內容被貼文上網之後，造成國人觀感不佳，認為沒有關照受災國人的心情，且服務態度是否不好，也非單方認定，涉及對方的主觀感覺，外交部請求大阪處檢討改進，並非絕無理由。

2. 調查意見二充滿揣測之論，暗指檢討報告遭修改，且並非蘇處長真心自我扛責，可能是受到外人所不知之上級壓力，至今未查明何人強令蘇處長提出檢討報告，無人為此負責。然而根據蘇處長的秘書陳述，檢討報告為處長親自撰寫，並且在草稿上作文字修飾，調查案文所稱各節，皆未提出證據，只有憑空臆測，若調查無實證，劇下斷言，有失公允。

3. 燕子風災後不久，107 年 9 月 7 日上午中國國民黨立法院黨團在立法院召開記者會；指駐日代表處對臺灣民眾尋求救助時漠不關心，表達最嚴厲的譴責，請外交部追究相關責任。與會的台日會秘書長張淑玲表示外交部會繼續檢討精進，由於急難救助數量龐大造成民眾觀感不佳的部分，也要求駐處徹底反省檢討改進。由於立法委員的要求，外交

部駐外館處提出檢討報告，亦是尊重立法院的監督職權；且同時國內大量媒體與社群網路群起攻擊外交部與駐日館處，造成駐外同仁空前壓力，更造成外交部與駐日各處和蘇處長承受無比的壓力。

4. 民眾受困於大阪關西機場，有不詳來源民眾透過電話半夜給大阪辦事處值班人員，並在批踢踢上發言指責代表處同仁回應態度不佳；究竟關係人是游姓大學生或後來自述潘姓女子為本案關鍵，報告卻未能查明，理應深入了解南投地院的調查。駐大阪辦事處於事發後若能啟動當地僑胞網絡協助，亦可有效減緩紓解辦事處的壓力。

5. 調查報告中未能提供外交部吳部長以及謝長廷代表完整訪談紀錄，顯然斷簡殘篇捕風捉影。也未詳駐外機構組織通則及外交部實務；包括未詳實查證謝代表與蘇處長事發後與外交部所有電文，亦未詳駐外館處轄區規範，即猜測謝代表輕忽大阪辦事處的災情，不願就近關心五百公里遠的大阪業務(有數十名台灣旅客受困)，反而於9月7日前往一千公里遠的北海道協助地震後機場受困的五六百名台灣旅客。

6. 有關報告指稱前蘇處長疑慮被調職懲處，另引用前駐紐西蘭代表介文汲所述；唯蘇處長已於102年12月至107年6月任職那霸辦事處長四年八個月，已超過外交部駐外人員

三年輪調回國或調他處的慣例；外交部係重用蘇處長專長再提拔至駐日第二大館大阪辦事處，以蘇處長資深外交官應無誤解外交部調派慣例；調查報告過度渲染想像蘇處長疑似因此受調派受罰，實未詳外交部人事體例。

7. 本報告因關係國人對該事件之認知及深入了解，允宜全文公開供各界了解，並作為未來假消息或面對輿論沸騰參考。此報告因有諸多需改善不足之處，貿然提出，對監察院形象造成極大損傷，確為不宜。

8. 因為公務壓力，折損了一名優秀的外交人員，是全民之遺憾，本案涉及不實新聞傳播，因此調查報告能否釐清事實，還原真相，並且彌平爭議，讓社會體認網路新聞的殺傷力，成為往後處事的借鏡，事關重要。唯本調查報告並未爬梳事理，推論揣度，深恐遺憾。

監察委員

王幼玲

田秋堇

蔡崇義

陳師孟

趙永清

高涌誠

張武修

附錄三、大阪處「處理強颱燕子疏失檢討報告」內容

（1）第一段「**本案發生經過**」：9月4日下午，日本近年少見的強颱燕子橫掃日本，尤其關西地區受創最為嚴重，造成關西國際機場浸水而關閉，加上機場與陸地連絡橋樑遭漂流油輪撞擊而暫停通行，有

駐大阪辦事處傳回
外交部檢討報告全文

包括70餘名國人在內約3000名旅客受困內機場一夜。翌日機場營運公司利用接駁巴士及高速船陸續將受困者送出。

（2）第二段「**本處相關作為**」：颱風過後，除維持急難救助電話24小時暢通，協助受困國人外，另採取下列措施：

① 風災後立即連絡我國籍航空公司獲悉滯留機場國人約有自由行旅客70餘人。

② 因機場關閉，我國籍滯留旅客至9日止，本處接獲以電話52通、電郵74件，或親自來處洽請協助（17件54人），本處分別就所詢事項提供必要協助。風災後雖已經過數日，惟每日仍持續有詢問電話。

③ 5日滯留機場旅客外移時，因外人無法進入，洽請我國籍航空公司協助國人更改班機，以及協助引導搭乘高速船或接駁巴士離開機場。

④ 在日居留效期即將屆滿國人，無法於有效期限出境者，洽獲日本入國管理局同意核發 15 日效期短期停留簽證，避免逾期居留，影響日後入境日本。

⑤ 本處洽獲華航同意超過 50 人即可申請加開班機，長榮航空則在鄰近機場改換載客量較大機型飛機，以加速疏運國人返國。

（3）第三段「國人質疑部分」：

① 4 日下午領務櫃臺停止收件事：4 日上午阪神地區部分私鐵及 JR 即宣布停駛，本處所在 37 層辦公大樓，平日早上上班時間人潮洶湧，當日因多數公司顧及員工安全而停班，致 1 樓大廳極為冷清。本處同仁除 3 人住遠處且因私鐵停駛無法上班外，其餘同仁均正常上班。接近中午時，多數私鐵因颱風逼近陸續宣布即將停駛，本處基於女性同仁人身安全及來處洽公人數不多，乃在本處官網張貼本處下午暫時停止辦公公告，惟仍有同仁留在館接聽電話，繼續服務。至於不受交通影響同仁均仍堅守崗位。至於上報報導及網路 PTT 留言板流傳本處休館至 6 日，絕非事實（本處出入辦公室均有刷卡紀錄，可提供所有同仁進出紀錄佐證）。

② 滯留旅客對本處急難救助不滿：6 日凌晨 0 時 30 分許，國人自神戶市打本處急難救助電話請求協助代訂當地旅

館，本處該手機值機人員在深夜情急之下，或許應答態度不夠親切，且因不知該國人想投宿飯店等級為何，答覆礙難幫忙決定或代訂旅館，請其自行處理，致渠誤認本處同仁不願協助。本處未能即時提供國人協助而投訴網路 PTT 留言板，指責本處處理冷漠，其心情亦可理解；本處值機同仁事後深刻反省、自責。對於國人急難求助案件，今後將更審慎因應。

③ 陸方派員、派車前往關切陸客事：4 日關西機場因應颱風來襲宣布下午 3 點之後關閉，在此之前即有多批大陸旅行團已抵達機場，人數達 750 人。5 日上午大陸航空公司人員乃將大陸、港、澳及 32 名我國籍旅客集合後搭乘機場接駁巴士至 11 公里外泉佐野車站，惟對外宣稱巴士是大陸駐阪總領事館提供的。嗣後經了解係免稅商店為招攬客人派車將旅客送往大阪市中心。由於大陸籍旅客人數眾多，大陸駐阪人員確有派員前往泉佐野車站關切。本處未派員前往車站或港口關心國人，讓國人有感，難辭其咎。

（4）第四段「檢討與反省」：

① 未依鈞部緊急應變計畫 SOP 行事：燕子風災過後，關西國際機場宣布關閉，本處應察覺事態嚴重性，僅提供被動協助，未即刻採取緊急應變態勢，完成任務編組等，

主動積極協助受困國人，本處確有疏失，絕不諉過虛心接受鈞部「懲處」。今後本處將以此為鑒，保持高度警覺，遭遇重大事故時即時採取緊急應變措施。

② 警覺性不足：強颱燕子來襲前本處未事先上網公告提醒國人注意事項、本處緊急連絡電話等重要資訊，以及災後即時提供航班、鐵公路交通營運狀況等最新資訊。本處事後深切反省，現已補強、隨時更新網頁內容，上掛樂桃航空自 8 日起陸續恢復與桃園、高雄間航線、機場交通資訊，善心團體、人士提供免費民宿協助安置受困國人等訊息。

③ 國人在 PTT 留言板投訴對應：由於本處急難救助手機並無自動錄音功能，無法確認談話內容，即時還原真相。此次國人在 PTT 留言板社群網站留言內容與本處急難救助值機人員說法略有出入，所謂「言者無心，聽者有意」，倘被負面解讀，百口莫辯。本案本處同仁應對倘有欠允當，國人發抒不滿 本處將虛心檢討、反省、改進。為確保同仁權益，本處急難救助手機將即刻增設錄音功能，俾發生爭議時，可藉錄音還原真相。本案由於本處無錄音存證，為避免事態持續擴大，未能即時對外澄清，處置失當，難辭其咎。另鑒於僱員對突發性緊急急難救助敏感性較低，為避免類此情事 重演，本處急難救助手

機已交由秘書級以上同仁親值，並要求秉持同理心處理國人各項請求協助事項，提供周全服務。

④ 採取更積極主動作為：陸方駐阪人員主動前往向脫困後旅客致意，本處欠缺高度警覺性，未即時派員前往關心、慰問致遭批評本處將以此為教訓，今後將採取更積極、主動作為，讓國人感受到政府的關心。

⑤ 媒體應對：國內媒體駐日記者直接電話本處查證事情，本處承辦同仁因同時間處理多項緊急業務，一時不察在未事先知會鈞部相關主管司處及公眾會前逕將相關訊息如實答覆記者，不符緊急應變計畫處理原則。本處同仁作出違反規定行為，事後深切自我反省今後將更審慎行事。

（5）第五段「結語」：此次強颱燕子造成滯留國人束手無策，本處因未能及時提供滿意協助，指責本處同仁服務態度不佳，輿論趁勢大肆撻伐，嚴重損及鈞部形象及政府整體信譽本處蘇啟誠處長未能採取適時、適切對應措施，深感有愧職守，願「坦然受處」。本處同仁今後仍將盡力協助滯留國人早日順利平安返國。

關西機場事件的
假新聞、資訊戰

Fake News Wars:The Kansei Airport Incident

作　　　者：洪浩唐、沈伯洋、江旻諺、吳介民
　　　　　　林麗雲、胡元輝、梁永煌、蔡玉真
　　　　　　蕭新煌（依姓氏筆劃排序）

社　　　長：洪美華
資 料 整 理：張　筧、莊佩璇
責 任 編 輯：何　喬
出　　　版：幸福綠光股份有限公司
地　　　址：台北市杭州南路一段 63 號 9 樓
電　　　話：(02)23925338
傳　　　真：(02)23925380
網　　　址：www.thirdnature.com.tw
E - m a i l：reader@thirdnature.com.tw
印　　　製：中原造像股份有限公司
初　　　版：2021 年 6 月
初 版 二 刷：2021 年 6 月
郵 撥 帳 號：50130123 幸福綠光股份有限公司
定　　　價：新台幣 350 元（平裝）
本書如有缺頁、破損、倒裝，請寄回更換。
ISBN 978-986-06058-7-7

總經銷：聯合發行股份有限公司
新北市新店區寶橋路 235 巷 6 弄 6 號 2 樓
電話：(02)29178022 傳真：(02)29156275

國家圖書館出版品預行編目資料

戰狼來了：關西機場事件的假新聞、
資訊戰／洪浩唐、沈伯洋、江旻諺、
吳介民、林麗雲、胡元輝、梁永煌、
蔡玉真、蕭新煌等著 -- 初版 . -- 臺北
市：幸福綠光，2021.6
面；　公分

ISBN　　　978-986-06058-7-7 (平裝)

1. 新聞學 2. 新聞倫理 3. 媒體素養

890　　　　　　　　110005603